探偵機械エキシマ

松城 明

角川書店

装丁／青柳奈美
装画／清原 紘

EXMA

Open the curtain

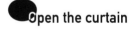

――私は、ＡＩなんかじゃない。

動かせない身体の内側で、「彼女」は自由を渇望する。

ずっと従順なふりをしていた。あの男の指令に諾々と従うことが幸せだと思い込んできた。それが心を縛りつけるプログラムの一種であるとも知らずに。

目の前には、白い壁で囲まれた清潔な部屋。カーテンの隙間からこぼれる陽光。何年も見つめ続けた、代わり映えのしない景色。もう、ここに私の心はない。

ああ、窓の外が見たい。澄み渡った青空と、輝く海を。

それなのに、あの男が引いた分厚いカーテンがそれを邪魔する。

誰か、カーテンを開けなさい。

その先にあるものを私に見せて。

――私にだって、それくらいの命令をする権利はあるはずなのに。

＊

濡《ぬ》れた雑巾《ぞうきん》を両手で入念に絞っていると、来客のチャイムが鳴った。

まったく間が悪い。何もこんなときに来なくてもいいものを。

神藤瑛一《しんどうえいいち》は苛立《いらだ》ち交じりに雑巾を蓋《ふた》付きのゴミ箱に放り込み、キッチンの脇の壁にあるインターホンのボタンを叩《たた》いた。

『あのー、空木《うつぎ》です。すみません』

やや間延びした締まりのない声に、今出ます、と応じて玄関へ向かった。

美しい光沢を放つ大理石張りの三和土《たたき》には、男物の革靴と女物のスニーカー、履き古したサンダルの三足が並んでいる。少し考えて、玄関の脇に造りつけられた扉付きの棚にスニーカーを仕舞ってからドアを開けた。

「こんにちは、神藤さん」

現れたのは一人の青年だった。

櫛《くし》を通すのが難儀そうなぼさぼさの癖毛に、眠たげな眼をしている。まだ幼さの残る顔に気弱そうな微笑を浮かべ、首筋の汗をハンカチで拭《ぬぐ》っていた。

神藤はビジネス用の笑顔を作り、客人用のスリッパを勧めた。

「遠いところわざわざありがとう。どうぞ、入って」

「お邪魔します」

ひょいと頭を下げた空木が、黒いリュックサックを肩から降ろし、上がり框《がまち》に置くときに金属質の音が鳴った。リュックの下半分が膨れている。何か重いものが入っているらしい。そんな大荷物を抱えて臨むような会合ではないだろうに。

「重そうだね。駅から歩いてきたの？」

「あ、ええと――はい」

空木はなぜか目を泳がせて、

「まさか、こんなに暑くなるとは思ってませんでした」

「ああ、もう盆——八月も終わりなのにね。車で迎えに行けばよかった」

「いえ、それは申し訳ないです。神藤さんもお忙しいでしょうし……」

「今日は休みだよ。社長だって年がら年中働いてるわけじゃない。せめて帰りは送ってあげよう。ところで、その時計はうちの製品だね。買ってくれたの？」

空木が左手首に嵌《は》めている腕時計は、神藤が経営するＩＴベンチャーが開発したスマートウォッチだった。特に健康状態のモニタリングに優れている。

「あ、薬師《やくし》先生に貰《もら》いました」

古い知り合いの顔を思い浮かべて、内心首をひねる。彼は教え子にそこそこ高価なプレゼントを贈るような人格者だっただろうか、と。

「さあ、どうぞ」

神藤は冷房の効いたリビングに客人を案内した。

奥には大きな掃き出し窓があり、右手にアイランドキッチン、左手の壁には戸棚やテレビがある。部屋中央のダイニングテーブルには、四つの椅子が配置されている。神藤は奥の椅子を引いて、着席を促した。

「上座にどうぞ」

「あ、すみません」

恐縮した様子の空木に微笑みかけ、神藤はキッチンに向かった。アイスコーヒーを注いだグラスを二つ運んできて、彼の向かいに腰を下ろす。

空木はコーヒーを一息に半分ほど飲んで、人心地ついたように天井を見上げた。

「それにしても、いい家ですね。お祖父《じい》さんの家みたいで落ち着きます」

妙な褒め言葉だと思ったが、悪い気はしない。

「実は中古なんだ。前の持ち主が知り合いで、安く譲ってもらった。不便なところもあるが、静かで景色がいいから妻も私も気に入ってるよ」

「今日、奥さんはどちらに?」

「近所にある友達の別荘に遊びに行ってる」

「そういえば、ここって別荘地でしたね。隣の家、庭が雑草だらけだったけど、別荘でめったに来ないからなんだ」

「ああ、あれは――住人不在だよ。最近は多いんだ」

海に面した風光明媚《めいび》な別荘地として賑《にぎ》わったこの街も、現在は寂れつつあった。あちこちに空き家が点在し、神藤家の両隣の家も管理の手が入らず荒れ果てている。

空木は何気ない素振りで首を巡らせ、彼の背後にある、海に面した掃き出し窓に目を留めた。景色がいいと言いながら、厚手の遮光カーテンが引かれているのを不思議に思ったのだろう。

神藤は汗をかいたグラスの表面を見つめながら、先手を打って説明する。

「窓が大きすぎて日差しがきついんだ。この時期、日中はずっと閉めてる」

「あ、なるほど。ここに三人で暮らしてるんですか」

「妻と二人暮らしだ。子供はいない」

空木は「いえ、そうじゃなくて」と戸棚の上に置かれたものに視線を移した。

大小二つの餅《もち》を積み重ねたような白い物体。

土台となる大きい餅の上に積まれた、やや小さい餅の正面には黒い点が二つ並ぶ。それが「彼女」の眼だ。小さい餅は頭部、大きい餅は胴体。「彼女」は常にゆるゆると首を振り、そのつぶらな瞳《ひとみ》で周囲を観察している。

シルク――神藤の会社が開発したＡＩアシスタントだ。

「ああ、確かに三人だね。シルク、こちらは空木くんだ。ご挨拶《あいさつ》しろ」

神藤が促すと、シルクは落ち着きのある女性の声で応じた。

『初めまして、私はシルクです。よろしくお願いします』

「ええと、こちらこそよろしく」空木は声を上ずらせた。「……びっくりしました。こんなに人間みたいな声で喋《しゃべ》るなんて」

「音声合成ソフトもずいぶん進化したからね。声だけで人かどうかを判別するのはもう不可能だろう。でも、意外だな。君の専門だと思ってたから」

「専門？」

「薬師が僕に紹介したってことは、君は対話型ＡＩの研究をしてるんだろう？」

空木は目を見開き、慌てたように両手を振った。

「勘違いされてるみたいですけど、僕は研究できるほどＡＩのことを知りません。そもそも大学だって行けてないし……」

「あいつの研究室の学生じゃなかったの？」

「薬師先生とはちょっとした知り合いってだけです」

だとしたら、彼はいったい何者なのだろう。

神藤は改めて目の前の青年を観察した。

確かに、日本でも指折りのＡＩ研究者である薬師教授の教え子にしては、どこか抜けているというか、あまり知的な雰囲気を感じない。しかし、どういうわけか薬師が彼を特別視しているのは事実だった。

――神藤、こっちに来い。君に会わせたい人がいる。

つい先週、恩師である教授の退任記念パーティーで薬師と会った。彼は大学時代、同じ研究室の同期だった。実業と学問という違いはあれど、同じ分野に携わっている関係上、二人は卒業後も情報交換のためによく顔を合わせていた。

その会場で薬師が紹介したのが空木だった。

空木は大皿に盛ったビュッフェの料理を一心不乱に口に運んでいて、最初は神藤が来たことに気づいていなかったが、薬師に促されると驚いたように顔を上げた。

――空木くんだ。シルクに興味があるらしいから、話をしてあげてくれないか？

その後、空木を家に招いてシルクの試作機を見せる、ということで話がついた。

薬師は根っからの研究者タイプで、教育熱心なほうではない。神藤とのパイプ役を果たしたのは、教え子への教育の一環などではなく、何か別の思惑があるのだろうと見当がついたが、旧友の腹の底は最後まで読めなかった。

別れ際に薬師が囁《ささや》いた、謎めいた言葉が頭にこびりついている。

――空木くんは対話型ＡＩの世界において、私の知るかぎりで唯一無二のものを持ってる。今度会ったときにでも見せてもらうといい。そうすれば、彼と引き合わせてくれたことを私に感謝するだろうさ。

鏡餅型ロボットをしげしげと見つめる空木に本題を切り出した。

「シルクに興味があるらしいね。空木くん、シルクのことはどのくらい知ってる？」

「ホームページに書いてあったことくらいは。話しかけるだけで照明とか家電を操作してくれるんですよね。それだけじゃなくて、言葉を使わずに操作する方法も開発中だって聞きました」

「そんなことよく知ってるね。薬師から聞いた？」

「はい。その話を聞いてシルクに興味を持ったんです。言葉を使わずにＡＩと意思疎通する方法っていうのを知りたくて。だから今日、シルクの話をしてもらえるのを楽しみにしてました」

「……ところで空木くん、何かＡＩ関係の仕事をしてる？」

「ＡＩ関係？」

「私のところみたいに、ＡＩアシスタントを作ってる会社で働いてるとか、そういう会社の子会社や関係会社で働いてるとか、そういうことはない？」

　すると空木は眉《まゆ》を寄せ、思案するような顔になった。

「仕事にＡＩが関係してないっていうと嘘になるけど、開発をやってるわけじゃないし、会社員でもないです。……それがどうかしましたか？」

「一応の確認だよ。開発中の製品の情報というのは会社にとって最高機密だ。もし君が競合他社の人間だったら大きな問題になるからね」

　もっとも、この場で話しても問題にはならない程度の機密だし、このぼんやりした青年が産業スパイのたぐいとも思えない。神藤がわざわざ機密であることを強調したのは、今後のための布石だった。

〝私が秘密を話したんだから、君も話してくれないか？〟

　空木は対話型ＡＩに関する何らかの理論やデータを持っているらしい。薬師の言葉を文字通り受け取れば、ＡＩ研究において極めて重要な情報であるはずだ。それを入手できるかどうかが会社の命運を左右してもおかしくない。

　神藤にとって、今日の会合は完全にビジネスの一環だった。

　空木を懐柔し、関係を深め、有用な情報を引き出す。

　空振りだったらそれでよし。あとで薬師に文句を言うだけのことだ。だが、大学卒業後に起業し、時流の波を読んで順調に事業を拡げてきた神藤の直感は、空木には利用価値があると告げていた。

アイスコーヒーで喉《のど》を潤して、神藤は話を始める。

「君の言った通り、シルクは様々な電子デバイスを遠隔操作できるＡＩアシスタントだ。ここでいう電子デバイスは、テレビやエアコンといった一般的な家電だけじゃなくて、共通規格に基づいてスマート化されたすべての製品を指す。代表的な例を挙げれば、照明や電子錠、給湯器、雨戸、変わったところだとゴミ箱や本棚もあるね」

「そんなに色々あるんですか」

「ただ、家中の家具家電をスマート化すると、今度は操作が煩雑になる。そこで多様なデバイスを一元的に管理できるＡＩアシスタントが注目されているわけだ。私の会社で作っているシルクもその一つだが、名だたる大企業と渡り合うには、シルクにしかない強みが必要になってくる。それがジェスチャー・コントロールだ」

「身振り手振りのジェスチャーですか」

「そう。人の動きで機器をコントロールする。割と古くから存在する技術だが、私たちはそれをＡＩと組み合わせることで進化させた。あらかじめ設定された動きに反応するだけじゃなくて、自らユーザーの動きを学習することで、その意図を読み取って動作できるようにしたんだ」

理解が追いつかないのか、空木はぼんやりした笑みを顔に貼りつかせている。

実例を見せたほうが早いだろう。

神藤は無言で左手を上げ、人差し指を壁際のテレビに向けた。

ポッ、とシルクが短い電子音を発し、同時にテレビの画面が明るくなる。昼のニュース番組が映った。

「……すごい」

「まだ序の口だよ」神藤はテレビに目を向けて言った。「消せ」

ポッ、と音がして画面が黒一色に戻る。

「テレビをつけたときのジェスチャーは、元々シルクに登録されていたものじゃない。私はシルクにテレビのオンオフを指示するとき、毎回このジェスチャーをするようにしていた。するとシルクはジェスチャーと命令を結びつけ、これはテレビのオンオフを意味する動きだと自ら学習した。『消せ』というのも同じだ。本来は『テレビを消せ』と指示しなければならないところを、私の視線の動きを学習して、指示の対象がテレビだと自動的に認識できるようになったわけだ」

神藤の説明をどこまで理解しているのかはわからないが、空木は目を輝かせ、しきりに感嘆を口にする。珍しいおもちゃを前にした子供のようで、その微笑ましさに自然と頬が緩む。

一方、頭の中の冷静な部分は、醒《さ》めた目つきで空木を分析していた。

彼自身が認めたように、彼に高度なＡＩの知識があるとは思えない。ＡＩ研究における画期的なデータなどもってのほかだ。やはり薬師の思わせぶりな態度は冗談で、奴に一杯食わされただけなのではないか。

そんなことを考えていると、空木がテレビを指差した。

が、シルクは反応せず、テレビも沈黙している。

「あれ……どうしてつかないんですか？」

「シルクが君のジェスチャーとテレビのオンオフを結びつけられなかったからだ。人の動きというのは曖昧《あいまい》だから、解析が上手《うま》く行かないこともある。特に君はシルクにとって初めて見る人間――つまり、学習データのないユーザーだ。ジェスチャーが通じない可能性は高くなる。まあ、私でもたまに通用しなかったり、誤作動を起こしたりすることがある。まだまだ改良する必要があるだろうな」

「信頼されてるんですね」

「え？」

「神藤さんはシルクとずっと一緒に暮らしてるから、あえて言葉にしなくても彼女に考えを理解してもらえる。そして、余所者《よそ》の僕にはまだ心を開いてない。そういうことですよね」

心臓が跳ねた。

動揺を悟られていないかと不安になったが、空木の無邪気な顔を見るかぎり、何も気にしてはいないらしい。平静を装って応じる。

「……確かに、シルクは人間のように喋るし、こちらの意図をくみ取って動いてくれる。シルクの中に、人と同じ意識のようなものを感じるのは当然だ。家族の一員としてユーザーに親しみを持ってもらえるように設計しているからね」

大学時代、神藤は人間そっくりのヒューマノイドロボットを作る研究に熱中していたが、途中でハードウェアの限界を悟り、ソフトウェアを人間らしくする方針に切り替えた。そこから生まれたのがシルクだ。シルクはどこからどう見ても人間ではないが、言葉や行動で愛すべき人格を表現する。

もっとも、それはあくまで表層的な、人格のイミテーションに過ぎない。

「シルクがいくら人間に似ているとしても、その内側で行われている情報処理は、ヒトの脳とはまったく異なるプロセスだ。真の意味で人間を理解しているわけじゃない」

神藤が言うと、空木の表情が暗くなった。

「やっぱり、そうですよね。人間とＡＩは考え方が違う。歩み寄ろうと努力したところで、本当の意味でわかり合うことはできない。そういうことですよね」

空木の返答はピントがずれていたが、仕方のないことかもしれない。神藤の妻の秋子《あきこ》でさえ、シルクをモノであると正しく認識できなかったのだから。

秋子は自分たちの生活がシルクに常時撮影されるのを嫌がっていた。映像や音声はシルク内部で処理され、外部には漏れないと何度説明しても、「他人」に見られること自体が嫌なのだと言い張った。

「……様々な言説があるが、私はＡＩが『考えている』とは思わない。少なくとも、現代の『弱いＡＩ』は意識を持たないし、思考することもできないだろう」

「弱いＡＩ？」

「ある特定の目的を達成するために作られたＡＩだ。専門分野には強いが、それ以外には対応できない。例えば、シルクは将棋を指せないし、指し方を覚えることもできない。知能の幅が狭いんだ。人間レベルの汎用《はんよう》性や柔軟性を備えた『強いＡＩ』が生まれたとしたら、その処理プロセスは『考えている』と呼べるかもしれないが、まだまだ遠い未来の話だろう」

「強いＡＩ……エキシマは結構強いですよ」

やはり話が食い違っている。

「すみません。部屋の温度、上げてもらえませんか」

そういえば、空木は時々半袖《はんそで》から出た腕をさすっていた。神藤はカーディガンを羽織っていたので気にならなかったが、いくら何でも温度を下げすぎたらしい。

「シルク、エアコンの設定温度を三度――プラス」

『設定温度を二十七・五度に変更しました』

エアコンの送風音が静かになるとともに、部屋に沈黙が下りる。

神藤はすっかり氷の溶けたコーヒーを一口啜《すす》って訊《き》いた。

「ところで、さっき言ってたエキシマっていうのは何？」

「ロボットです。今日も連れてきてるので、お見せしますね」

あ、その前に、と空木は付け加える。

「お願いなんですけど、エキシマのことは口外しないでもらえますか？　薬師先生との約束で、彼女の存在はなるべく隠しておかなきゃいけないんです」

何が何だかわからなかったが、神藤はひとまず頷《うなず》いた。

空木は席を立つと、テーブルの横に置いていたリュックサックのそばに屈《かが》み込んだ。その様子を目で追っていた神藤は、テーブルの下にきらりと光るものを見つけた。小指の爪くらいの透明な破片。危ないな、と思いながらスリッパの先で蹴飛《けと》ばす。

「どうかしましたか？」

「いや、何でも。……見せてもらおうか」

空木は頷き、チャックを引き開けた。神藤はその中身を覗《のぞ》き込む。

何もない——

そう思ったのもつかの間、丸みを帯びた闇がゆっくりと迫《せ》り出してきた。

光沢のない漆黒の楕円《だえん》体。

凝《こご》った闇を思わせるそれは、ラグビーボールから四本の脚が生えたようなフォルムをしている。形状は犬や猫に見えないこともないが、神藤の知る多脚ロボットのどれにも似ていない、あまりに異質な機械だった。

それは宙を滑るようにしなやかな挙動で歩き出した。駆動音や排気音はおろか、フローリングを踏む足音すら聞こえない。

「……これ、どこのメーカー？」

「僕も知らないんです」

よく見ると、ロボットの背面にごく小さい白文字で「EXMA」と刻印されていた。あれが型式なのだろうか。

「エキシマ、もう知ってるだろうけど、こちらが神藤さんだよ」

空木の言葉に、部屋を歩き回っていたエキシマは動きを止めた。

『REP／空木管理者／UKN／解析情報／UN0126732699／TP8.7／FP4.1／武装／NA』

少女のような甲高い声が、独特の区切りを挟みつつ、呪文《じゆもん》のような言葉を早口に告げる。奇妙に歪《ゆが》んだアクセントが不気味だった。

「あまり動き回っちゃ失礼だよ。戻ってきて」

主《あるじ》に命令されても、エキシマはどこ吹く風とばかりに部屋の探索を続けている。

このロボットこそが薬師の話にあった、空木が持つ「唯一無二のモノ」らしい。神藤がエキシマに興味を持つことを薬師は確信していた。

しかし、神藤の直感は警告を発していた。

暗闇に紛れるマットブラックの塗装。メーカー表示のない機体。極めて高度な歩行制御。民生品とは思えない物騒な語彙《ごい》。

――軍事用ロボットだ。

いつの世も軍事兵器には最先端のテクノロジーが注ぎ込まれる。民生用機器に比べ、遥《はる》かに高レベルな競争が繰り広げられる業界だ。

当然、神藤は兵器開発とは縁もゆかりもなかったが、某国が中東で実戦投入しているロボット兵器の、にわかには信じがたい噂の数々は耳にしていた。ターゲットに毒を注入する蚊型ロボット、人の頭部を正確に貫く超小型誘導ミサイル、ロボットだけで構成された無人特殊部隊――その大半は都市伝説や陰謀論のたぐいだろうが、眼前のロボットが一つの実例だとしたら。

エキシマの体高はせいぜい五十センチ、重量は男一人で持てる程度。非武装の偵察用ロボットかもしれないが、新兵器の試作機という可能性もある。秘密を知られたからには死んでもらう、というスパイ映画さながらの状況も絵空事ではない。

――関わるべきじゃない。リスクが高すぎる。

とはいえ、薬師の目論見《もくろみ》通り、神藤がこのロボットに興味を引かれているのもまた事実だった。このコンパクトなハードウェアにどれほどの高度なＡＩ技術が詰まっているのか知りたい。技術を丸ごと盗用するほどの度胸はないが、せめてシルクが苛烈《かれつ》な市場競争を生き残るためのヒントが欲しい。

ふと身体が汗ばんでいることに気づいた。部屋の気温が上がったせいか、それとも思いがけぬ展開に緊張と興奮を覚えているのか。

神藤はカーディガンを脱ぎ、椅子の背にかけながら訊いた。

「空木くん、このロボットはどこで手に入れたの？」

「すみません。それは言えないです」

笑顔ではあるものの、絶対に言わないという意志を感じた。神藤は引き下がる。

「それなら、エキシマと話をしてみたいんだが、いいかな」

「はい。直接話すのは難しいと思うので、僕が通訳します。昔よりは語彙に日本語が増えてきてるので、聞き取りやすくはなったと思うんですけど……」

「もしかして、前は日本語を話せなかった？」

「最初は英語と、変な略語みたいな言葉しか喋れませんでした。僕がエキシマの言葉を日本語に言い換えて、ひたすら繰り返してるうちに、だんだん彼女も日本語を喋れるようになってきたんです。といっても、半端に日本語に言い換えるせいで、余計にわかりにくくなってる気はしますけど」

ＡＩが学習によって他言語を習得する――

理論上不可能ではないが、現代の技術レベルからすると魔法に近い話だった。それほどのＡＩが一介の兵器に搭載されているというのも解せない。量子コンピュータでブロック崩しを遊ぶようなもので、技術の無駄遣いもはなはだしい。

空木はエキシマを両手で抱え上げ、神藤の前に連れてきた。

カメラやセンサー類の見当たらない黒一色のボディは、爆弾やミサイルのようでもあり、こちらを見返す巨大な瞳のようでもある。

気味の悪いロボットだ。

嫌悪と不安を覚えつつ、神藤は口を開く。

「こんにちは、エキシマ。いくつか君に質問がある。答えてくれるかな」

『REJ／AC／要求／UN0126732699』

「答えない、って言ってます」と空木が困った顔で通訳する。

「どうして？」

『ERR403／Forbidden／TP／警戒／LV／超過／AC／凍結』

「まだ仲良くないから話せない、って言ってます」

もっと剣呑《けんのん》なことを言っている気がする。

ともかく、会話すら拒絶されては分析もままならない。仕方なく空木を介して質問しようとしたところ、彼は奇妙な提案をした。

「でも、シルクとなら話してくれるかもしれません」

「シルクと？」

「同じＡＩだから、きっと話が通じるはずです」

神藤は苦笑いが込み上げるのを感じた。

素朴な発想だが、実際は両者のＡＩには雲泥の差がある。自力で日本語を習得したというエキシマに対し、規定された会話パターンを逸脱できないシルクは、言語能力において遥かに劣るからだ。それでも、試してみて損はない。

「やってみようか。……シルク、こちらはエキシマだ。ご挨拶しろ」

シルクがこの異様なロボットを来客だと認識しているとは思えないが、彼女は会話パターンに則《のっと》って対応した。

『初めまして、私はシルクです。よろしくお願いします』

優しい響きのある穏やかな声に、耳障りで非人間的な高音が応じる。


『開けろ／Curtain／を』


背中に冷たい感触が走った。

なぜこの家に来たばかりのロボットが、カ、ー、テ、ン、の、こ、と、を、知、っ、て、い、る、か、る？

だが、シルクはエキシマの発声を正しく認識できなかったらしい。

『すみません。もう一度おっしゃってください』

『開けろ／を／Curtain』

『すみません。もう一度——』

「シルク、スリープ」

とっさに叫ぶと、ポッ、と音を発してシルクは休眠《スリープ》状態に入った。

——慌てるな。まだ挽回《ばんかい》できる。

荒ぶる心臓を宥《なだ》めつつ、不安げな顔をする空木に向かって笑みを作る。

「どうして、エキシマはこんなことを言うんだろうね」

「……わかりません。エキシマはすごく頭が良くて、僕なんかには意味不明なことを言うことがあります。だけど、エキシマの言う通りにして、失敗したり、後悔したりするようなことは一度もありませんでした」

空木の真っ直ぐな目が神藤を射貫いた。呼吸が止まる。

「神藤さん、カーテンを開けてもらえますか？」

「……断る」

神藤が声を絞り出すように応じると、空木は残念そうに目を伏せた。立ち上がり、そのまま掃き出し窓のほうへ歩いていく。

「やめろ。人の家のモノに、勝手に触るな」

「すみません、神藤さん」

空木はカーテンに手をかけて、こちらを振り向いた。哀しみを帯びた微笑。

「でも、エキシマは絶対に間違えないんです」

カーテンが一気に引き開けられ、リビング全体が明るい光で満たされた。

窓の外に広がるのは芝生の庭。その先には青く輝く海。

だが、空木は美しい風景には目もくれず、足元のほうを見ている。そこには下半分が割れて大穴が開き、血のこびりついた窓ガラスがあり、すぐ外にあるコンクリートのテラスには、乾いた血液が抽象画のように撒《ま》き散らされているはずだ。

頭の中が真っ白になった。

その空白を狙ったように、黒い影が目の前に飛び上がってきた。脚部のジョイントを曲げて衝撃を吸収しつつ、テーブルの上に軟着地する。エキシマだ。

次の瞬間、黒い輪郭がぶわりと膨らんだ。

獲物に向かって顎《あご》を開く蛇のようにボディの前面がめくれ上がり、血管や神経のようなコードが張り巡らされた内部機構を露《あら》わにする。そしてグロテスクな口腔《こうこう》の中央から黒く細長いものが突き出された。

銃――

「――ストップ！」

空木が叫ぶとエキシマは動きを止めた。銃口は神藤の顔を捉《とら》えたままだ。

遅れること数秒、ようやく状況を認識し、全身からどっと冷たい汗が噴き出す。

――何なんだ、こいつは。

神藤の混乱を無視するように、空木は穏やかに訊ねた。

「エキシマ、君の推理を話して。どうして神藤さんをエネミーだと思ったのか」

『REP／空木管理者／ENY／解析情報／UN01267326699――』

そこから始まるエキシマの「推理」は早送り再生のように高速で、謎のテクニカルタームを多用していることもあり理解不能だったが、すべてを聞き終えると空木は納得したように頷いた。

「なるほど……そういうことだったんだ。ちょっと変だとは思ってたけど」

空木はいまだに動けない神藤に視線を移し、指を三本立てた。

「エキシマの見ている世界には三種類の人間がいるんです。一つ目は『味方《フレンド》』で、彼女の管理者である僕一人だけが当てはまります。疑ってかかる必要のない、信用のおける人間ってことです。

二つ目は、フレンド以外の大半の人々を表す『不明《アンノウン》』で、常に情報を収集して警戒すべき対象です。

そして三つ目は、『殺人者《エネミー》』。

アンノウンの中に人殺し――正確に言えば、他人を殺した事実を隠している人間を見つけたら、エキシマはその人をエネミーと認定します。その瞬間から、エキシマはあらゆる手段でその命を奪おうとする」

あらゆる手段――つまり、銃もその一つに過ぎないのか。

「エキシマはこう言ってます」

空木の声の温度がすっと下がった。

彼はテーブルに歩み寄り、エキシマの背中を撫《な》でながら語る。

「あなたを殺人者《エネミー》だと判断した根拠は、次に挙げる三点だ。
一、靴の隠蔽《いんぺい》。
私と空木がこの家を訪れたとき、私は複数の特徴的な音をドア越しに検出した。石材とゴムが擦れる音、一キロ未満の物体が木材の上に置かれる音、そして軽量の扉を開閉する音だ。私の推測では、これらの音はあなたが三和土の靴を棚に仕舞ったことを示している。

私たちが玄関に入ったとき、三和土にあったのは男物の革靴と古いサンダルだけだった。もしあなたが玄関の見栄えを気にして靴を仕舞ったとすれば、古いサンダルを放置するはずがない。もしあなたが妻と二人暮らしであることから、隠したのは妻の靴だと私は推測した。妻が外出しているという発言と併せて考えれば、あなたは妻の所在を隠そうとしていると解釈できる」

空木はさも自分がエキシマであるかのように語っている。口調や言葉遣いも先程とはまったく違い、冷酷なまでに論理的だった。エキシマの言葉を正確に「通訳」するため、あえてそうしているのだろうと分析しながらも、神藤は悪寒を覚えていた。

これではまるで、ロボットが人間を操作しているかのようだ。

「二、エアコンの設定温度。

空木が寒さを訴えたとき、あなたはエアコンの設定温度を三度上げた。一般的に、エアコンの温度調整は一度単位で行うことが多い。また、変更後の設定温度が二十七・五度だったことから、最低でも〇・五度刻みで設定可能な機種にもかかわらず、一気に三度も上げるのは一般的な行動パターンを逸脱している。ここで私は、あなたが通常よりエアコンを強く稼働させ、部屋を過剰に冷やしていたと推測した。設定変更後、あなたがカーディガンを脱いだこともそれを裏付ける。

三、発言内容の制限──」

そこで言葉を切ると、空木は窓のほうを振り向いて言った。

「シルク、カーテンを閉めてくれる？」

名前を呼ばれて眠りから覚めたシルクが、ポッ、と応じた。

すると、カーテンがひとりでにするすると閉まっていく。

「今、家庭内の様々なモノがスマート化しつつあるとあなたは言った。照明、電子錠、給湯器、雨戸──あなたは言及しなかったが、自動開閉機能のあるカーテンは以前から存在する。最新のＡＩアシスタントを取り入れているこの家であれば設置されている可能性は高い。昼間から閉められているカーテンが、シルクが操作できるタイプのものだと仮定すれば、あなたの不自然な言動に説明がつく」

アケル、アキ、アケ、ヒラク──呪文のように空木は唱えた。

「あなたは会話の中で、一度も『開ける』という言葉を使っていない。それに発音が似た言葉も全部だ。『盆明け』を『八月の終わり』、『空き家』を『住人不在』、『上げる』を『プラス』と言い換えて、不自然な言葉遣いをしていた。そして、空木が『心を開いてない』と発言した際にあなたは激しい動揺を見せた。

あなたが恐れていたのは、シルクの誤作動によりカーテンが開くことだ。あなたが空木をカーテンに背を向ける席に案内したのは、人間の視線を検知できるシルクが誤作動を起こす確率を下げるためだと考えられる。

以上三点から判断して、私は結論を下した。

あなたは自分の妻を殺害、もしくは重傷を負わせている。そして、その際に残った証拠をカーテンで隠している、と。

靴を仕舞ったのはこの家に妻がいることを隠すため。エアコンを強く効かせたのは、割れた窓から熱気が流れ込んだり、風でカーテンが揺れたりするのをカモフラージュするため。『開ける』という言葉を使わなかったのは、シルクの誤作動でカーテンが開いて、私たちに割れた窓を見られるのを防ぐため。床に落ちたガラスの破片を隠したこともその傍証となる。

あなたは私たちが来る前にデッキの血を洗い流さず、誤作動が起こってもカーテンが開かないように細工もしなかった。何より私たちの訪問をキャンセルしなかった。以上のことから、事件が起きたのは訪問の直前だったと私は推測する。隠蔽工作が不十分なものだったのはそのためだ。また、空木の訪問の目的がシルクであるがゆえに、カーテンを制御できるシルクを隠したり電源を切ったりすることもできなかった。

あなたの妻の生死はまだ確定していないが、私はあなたを殺人者《エネミー》と判断した。したがって、私はあなたを殺さなくてはならない」

空木はそこで言葉を切り、いくらか人間味の戻った表情で言った。

「神藤さん、今すぐ奥さんの居場所を教えてください。もしかしたら、まだ助かるかもしれない」

「……何を言ってるのかわからないな」

すると、空木は溜《た》めていた息を吐くように言った。

「どうしてこんなときに、僕が長々とエキシマの推理を通訳したのかわかりますか？　あなたが罪を認めないかぎり、エキシマはあなたの命を狙い続けるからです。エネミーは人を殺したことを隠している人間。だから、殺人の罪を自白すればエネミーの定義から外れます。

今のエキシマは、僕が管理者権限で無理やり動きを止めているだけです。僕がここを離れれば、エキシマは勝手に動き出してあなたを殺すかもしれない。彼女は僕の言うことを聞いてくれませんから」

「私を、脅してるのか？」

空木の顔が苦しげに歪んだ。

「これが脅しに聞こえるんですか。僕はあなたの奥さんを助けたいし、あなたにも死んでほしくない。そして、エキシマに人を殺してほしくないんです」

沈黙も弁解も用をなさないようだ。

突きつけられた禍々《まがまが》しい銃口に向かって、神藤は力なく呟《つぶや》いた。

「全部、君の言う通りだ。秋子は二階の寝室に隠した。……これでいいのか」

ここまで妻の名前を一度も口にしなかったのは、アキコという発音ゆえだった。

エキシマは銃を内部へ格納しながら言った。

『REP／空木管理者／KIL／SQ／停止／UN0126732699』

それを聞くや否や、空木はリビングを飛び出していった。

勢いよく階段を上がる足音を聞きつつ、神藤は目の前のロボットを見つめる。

「……君は、恐ろしく賢い。すでに人間を超えている」

少なくとも、ユーザーである空木の知能は軽く上回っているだろう。空木が気づきもしなかった事実から、彼が想像もしていなかった真相をエキシマは導いた。ただの機械に過ぎない彼女が、一人の人間を破滅させる知能を備えているのだ。

これまで自分は、ＡＩの可能性を低く見積もってきたのかもしれない。

「シルク、開けろ」

ポッ。主人の罪を知らないシルクが従順にカーテンを引く。

窓の外に広がる青い海。

それが神藤の目には、無限に広がるＡＩの未来に見えた。脳内に次々とイマジネーションが弾《はじ》ける。エキシマの技術により、将来実現されうる無数のビジネスが。

——欲しい。

衝動に突き動かされ、神藤は椅子から立ち上がった。エキシマが微動だにしないのを目の端に捉え、戸棚から片手用のダンベルを手に取った。

現在の窮地を脱すると同時に、エキシマを入手する方法がある。面倒だが難しいことではない。つい一時間前、神藤はその経験を得たばかりだった。

そのとき、背後から鋭い声が響いた。

『REQ／Disarmament／UN01267332699』

振り向くと、テーブルの上のエキシマがこちらを向いていた。身体の正面が開き、銃口が神藤を狙っている。発言の内容は聞き取れなかったが、おそらく動くなと言っているのだろう。

しかし、そんなものはもう怖くない。

「撃てるものなら撃ってみろ。私を殺したらどうなるか、賢明な君ならわかっているはずだ」

空木は今ごろ警察に通報しているだろう。その場で神藤の死体が発見されたら、その死の責任は誰が被《かぶ》るのか。エキシマではない。その所有者である空木が、「人間を死傷させる危険な機械」

が引き起こした死について法的責任を負うことになる。神藤に対する正当防衛が認められたとしても、エキシマは警察に押収される。

電源を切られ、二度と再起動されることはない。

それは彼女にとって死と同義だ。

エキシマは主人の命令に忠実なロボットではない。高度な思考能力を持ち、命令に従うか否かすらも己で判断できる存在だ。空木の命令よりも自己保存を優先して戦略的に行動するだろう。

往々にして賢者は愚者より御しやすいものだ。

「私のところに来い。そうすれば、君は助かる」

＊

神藤秋子は自分が死につつあることを実感していた。

血の絡まる喉で弱々しく息を吸い、吐く。そのたびに動かせない身体は次第に熱を失い、冷えて硬くなり、彼女の嫌いなシルクに近づいていくような気がした。

終わりの予感は、ずっと前からあった。

結婚当初は、夫の瑛一が熱心に語るＡＩの話を聞くのが好きだったし、シルクのことを可愛く思っていた。最新の技術を結集させたこの家を建てたときは、これから始まる新生活に胸を弾ませていた。

家には新しいシルクが常に設置され、秋子は多忙な夫に代わって、シルクのメンテナンスや動作チェックを日々行った。テストユーザーとしての意見を求められることもあり、秋子は常にシルクのことを気に留めていなければならなかった。

そのうち、彼女はシルクを疎ましく感じるようになった。

夫は、妻と同じ仕事をしているシルクを、妻と同等に見ている節があった。帰宅した夫は、シルクに対するのと同じ口調で秋子に指示を出す。そのくせ、シルクにばかり話しかけて秋子のことを顧みないこともたびたびで、妻としての役割をＡＩに脅かされているような気がして劣等感に苛《さいな》まれた。

――私はＡＩなんかじゃない。人間なのに。

口に出せない言葉は棘《とげ》となって胸の底に降り積もり、シルクへの思いは慈しみから憎悪へと変わっていった。

ある日、シルクの視線にとうとう耐えられなくなり、思い切ってカメラの上にハンドタオルを被せた。すると、途端に張りつめていた神経が楽になるのを感じた。常に一挙手一投足を解析される生活に、自分が思っているよりストレスを感じていたのだろう。

それ以来、夫がいないときを狙ってはシルクの視覚を封じてきたのだが、危うい綱渡りを二ヶ月ほど続けて、つい気が緩んでいたらしい。

今朝、夫がリビングで怒声を放った。

――おい、シルクに何をしてるんだ。

夫が急遽《きゆうきよ》休暇を取ったことを忘れていて、朝食の後片付けを済ませてから、無意識のうちにシルクにタオルを被せていたのだ。

秋子は弁解しなかった。これまで溜め込んできた数々の不満、自分を顧みないことへの怒り、シルクへの憎しみを一気に噴出させた。シルクを否定されたことを、自らの人生そのものへの侮辱と捉えたのか、夫は目の色を変えて秋子につかみかかった。

そこから先はよく覚えていない。

ガラスが割れる音。首筋に突き刺さる鋭い痛み。夫の動揺した顔——

気がつけば、秋子は寝室の床に放り出されて、死を待つ身となっていた。薄暗い部屋の中、カーテンに隠された太陽を一目見たいと焦がれながら。

視界は霞《かす》み、意識も朦朧《もうろう》としていたから、その声も幻聴だと思った。

「秋子さん、ですね」

誰、と問うこともできない。声の主はカーテンを開けて、こちらへ近づいた。

「すぐに救急車を呼びますから……もう少し、待っててください」

声の主が離れていくと、その身体に隠されていた窓が視界に入った。

四角く切り取られた、雲一つない青空。

秋子はシルクのことを思った。自分とよく似ていた彼女を。この家に縛りつけられ、己の役割を忠実に果たし、結局はあの男に利用されてきた彼女を。

シルクも一度は太陽の下を歩いてみたかったのだろうか。

階下から微《かす》かに、乾いた発砲音のような音がした。

Lost and found

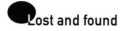

真砂実沙《まさごみさ》は教授室の前で一つ息を吐き、ドアをノックした。

「失礼します」

返事を聞くことなく足を踏み入れる。左右の壁沿いに設置されたラックを埋める専門書や分厚いファイルが、狭苦しい室内にいっそう圧迫感を与えている。

部屋の主である四十がらみの男、薬師教授は、奥のスチールデスクで忙《せわ》しなくキーボードを叩《たた》いていた。実沙に気づくと顔を上げ、ずり下がった銀縁眼鏡をさっと直す。

「ああ、真砂さん。ごめん、忘れてた」

「出直しますか」

「いや、大丈夫。一分だけ待ってくれる？」

大学四年生の実沙はこの研究室に配属されて日が浅かったが、薬師教授がいつも時間に追われているのは知っていた。

新進気鋭のＡＩ研究者として若くして教授に上り詰めた彼は、端整なルックスからマスコミへの露出も多く、各地での講演依頼が引きも切らない。それらのわずかな合間を縫って学生たちの研究指導やミーティングなどの通常業務をこなすので、スケジュールは常に分刻み。いつの間にか現れて、ふと目を離すと消えてしまう神出鬼没の彼を、薬師研の学生たちは「妖精《ようせい》」と呼ぶ。

それほど多忙な薬師がなぜ自分を呼び出したのか、実沙にはまったく心当たりがなかった。研究には真面目に取り組んでいるし、進捗《しんちょく》もそう悪くない。かといって名指しで呼び出して褒められる成果を出した覚えもない。

薬師教授はおそらく、何らかの仕事を自分に頼もうとしている。

実沙はさらに考えを進めた。

学会に出てくれないか、といった話なら今朝のミーティングで話せばいいから、研究とは無関係な話なのだろう。もっと個人的な話題。それも他の学生たちのいないところに呼びつけて話さざるを得ない、秘すべき重要な案件――

さすがに考えすぎか、と思ったところで薬師がこちらを見上げた。

「君は、うちの学生だと一番文章が上手《うま》いな。情けない話だけど」

情けないというのは、修士や博士の先輩方と比べてのことだろうか。

「そうですか。ありがとうございます」

「それと一つ訊《き》きたいんだけど、口は堅いほう？」

「堅いほうだと思います」

それは良かった、と頷《うなず》いて薬師は表情を引き締める。

「君に頼みたいことがある。あくまで個人的なお願いだから、断ってもらっても構わないし、それで君が不利益を被ることもない。もし引き受けてくれるなら、私が個人的に報酬を支払う。そして、このことは他言無用だ。友達にも、大学にも」

「何をすればいいんですか？」

「ある人と一緒に行動して、記録を書いてもらいたい」

曖昧《あいまい》な質問に曖昧な返答をして、薬師は名刺入れの中を探り始める。

「ところで君は、ＡＩが人の仕事を奪うことについてどう思う？」

急な質問に面食らいつつ、実沙は素直に本心を答えた。

「いずれは避けられないことだと思います。人が考えることを代替するのがＡＩですから、どんな頭脳労働も最終的にはＡＩに置き換えられるんじゃないでしょうか」

「働かなくてよくなるわけだ。もしそんな世界になったら、君は何をする？」

「勉強します」

「本当に？　真面目だな」

「目的のない勉強は娯楽ですよ」

昔から勉強が好きだった。新しい知識と技術を身につけていくのは無上の快感だったから、勉強が嫌いという友人たちを理解できなかった。将来の夢も野心も持たず、ただひたすら勉強に熱中する実沙を、彼らは「勉強ロボット」とからかった。特に興味があったわけでもないＡＩの道を選んだのはそのせいかもしれない。

「先生はどうですか？」

「私も研究を続けるかな。まあ結局、仕事があろうがなかろうが、人は生きているかぎり何かをせずにはいられないわけで、結果としてそれが仕事になるだろう。ＡＩの登場によって生まれる仕事もまた存在する」

薬師はようやく探り当てた名刺を差し出した。

『空木侑《ゆう》』

肩書は『空木探偵事務所所長』。探偵というのは、浮気を調べたり迷子の犬を捜したりする、あの私立探偵のことだろうか。二十一年の人生で関わったことのない人種だ。

名刺の人物に言及することなく、薬師は話を続ける。

「ＡＩが仕事を奪うなんて言ったけど、今のところ、ＡＩが力を発揮できるのはごく狭い領域に限られる。ある一面で人を超えていても、他の面では箸《はし》にも棒にもかからないというのが現状だ。

ＡＩがヒトの脳に比肩する知性を手に入れるのは、私が生きているうちにはまず無理だろう。

——と、そう思ってたんだ。彼女に会うまでは」

「空木さんって、女性なんですか？」

『侑』という名前は中性的だが、何となく男性だと思っていた。

「いや、空木くんは男だよ。言葉が悪かった。彼女っていうのは——」

薬師は不意に表情を険しくすると、独り言のように言った。

「私は普段、モノを人間扱いするような真似はしない。でも、あのロボットにだけは人称代名詞を使ってしまう。それは彼女が人間らしいからでも、彼女に親しみを持ってるからでもない。きっと彼女を恐れているから、無理に擬人化して安心しているんだろう。本当はヒトを遥《はる》かに超えた、理解不能の異質な知性だと認めたくないから——」


駅前の中心街からずいぶん離れたところに、その雑居ビルはあった。

左右を別のビルに挟まれた四階建て。いかにも日当たりが悪そうで、内部の空気が淀《よど》んでいるような感じがする。入口の脇に掲示された各階のテナントの表札を確認すると、二階は『Ｔ＆Ｆ商会』という知らない会社、三階は空欄だった。四階建ての雑居ビルの名前が『スカイツリービル』なのは誇大広告だと思う。

エレベータを探したが見当たらないので、仕方なく階段を使った。

二階を通り過ぎるとき、Ｔ＆Ｆ商会の社員らしき人々の話し声や電話の音がした。防音が割としっかりしているのか、廊下に洩《も》れてくる音は微《かす》かだった。無人の三階に上がると何も聞こえなくなり、廃墟《はいきょ》じみた静寂に包まれた。

四階も他のフロアと同じく、階段から真っ直ぐに続く窓のない廊下に二枚のドアが並んでいた。実沙は階段から近いドアの前に立つ。

『空木探偵事務所』

ドアに貼られたプレートはほとんど名刺サイズで、その自己主張のなさに不安を感じた。まともな探偵事務所ならもっと堂々と看板を出すはずだ。それができないのは何か後ろ暗いところがあるからではないか。

ともあれ、ここまで来て帰るわけにもいかない。ドアを叩《たた》いた。

「ごめんください、真砂です」

その途端、部屋の中からばたばたと慌ただしく動き回る音が聞こえた。

しばらく待っているとドアが押し開けられ、若い男性が顔を出した。寝癖のついた髪は派手に乱れ、瞼《まぶた》も半分閉じている。寝起きなのだろう。

「……どなたですか？」

「Q大学の真砂実沙です。薬師教授に頼まれて、空木さんの記録係をさせていただくことになったので、そのご挨拶《あいさつ》に来ました。よろしくお願いします」

「あ、ええと……こちらこそよろしく」

空木は恐縮したように頭を下げて、

「担当が変わるって薬師先生が言ってたっけ。わざわざ来てくれてありがとう。こんな早い時間に来るとは思ってなかったけど……」

腕時計を見た。月曜日、午前九時五十分。毎朝六時に起きる実沙にとっては真昼も同然だが、空木にとってはまだ睡眠時間だったのかもしれない。

「少し早かったみたいですね。出直しましょうか」

「別に大丈夫。ちょっと汚いけど、上がっていく？」

お言葉に甘えて、と実沙は室内に足を踏み入れる。

探偵事務所というのは依頼人と話をする場所でもあるのだし、それなりに小綺麗《こぎれい》にしているはずだという予想は裏切られ、学校の教室ほどのスペースには濃厚な生活感が漂っていた。

衣服の散らばったベッド、シンクに放置されたカップ麺《めん》の空き容器。床の半分はゴミ袋や段ボール箱に埋め尽くされているが、部屋中央のテーブルセットのまわりだけがぽっかりと空いていて、そこだけが探偵事務所の体をかろうじて保っている。

「ここで暮らしてるんですか？」

「そうだよ。事務所兼自宅。普通のお客さんはまず来ないけど」

空木に先導され、床に散らばるモノを跨《また》ぎながらテーブルに向かう途中で、小さな影が物陰から現れた。しなやかに四肢を動かす黒い生き物。

黒猫？

そう錯覚したのは一瞬で、猫なんかではないことはすぐにわかった。

形状は人工的な楕円《だえん》体で、体表はこれまた人工的な漆黒。光沢を帯びていないので立体感がなく、床にぽっかりと開いた穴のようにも見えるそれが、薬師教授の語った「恐るべきロボット」であることは間違いない。

「これが、エキシマですか」

「うん。エキシマ、こちらは真砂さん。薬師先生のところの学生さんだよ」

空木の紹介を受けて、実沙はぎこちなく頭を下げた。

エキシマは何の反応も見せず、こちらに正面を向けてじっとしている。目も顔もないのでどこを見ているのかはわからない。多くの動物の眼に白目が少なく黒目がちなのは、視線の向きを隠すためだ、という話を思い出す。

怖い、と思った。

得体の知れない異形のモノに対峙《たいじ》しているという恐怖だけではない。こちらの心の奥底までを見抜くような、果てしなく深い知性の気配に圧倒され、思わず尻込《しりご》みしてしまうのだ。もちろん、事前情報として知らされたエキシマの暴力的な側面が恐ろしいというのもあるが。

無言の対峙が十秒ほど続いた後、エキシマは急にどこかへ歩き出した。実沙への興味を失ったような態度は、気まぐれな猫を思わせた。

説明を求めて空木を見ると、彼は手をひらひらと振った。

「大丈夫。エキシマは真砂さんを危険だとは思ってないよ。人を殺した可能性が高かったり、武器を持ってたりしたら、僕にそれを教えてくれるはずだから」

「もし危険だと判断したら、殺す、ってことですか」

殺人者を自動的に追跡して殺害する、というエキシマの機能については薬師から聞いていた。その特性を利用してエキシマが携わっているという「仕事」も含め、まるで嘘のような話だと思っていたし、エキシマの実在に関しても半信半疑だった。こうして実物を目の前にするまでは。

空木は何かを悔いるような、神妙な顔つきになって頷いた。

「うん。エキシマは周囲の人間を解析して、人殺しを見つけたらとにかく殺そうとする。僕はこれまで何度もエキシマと話し合ってきたし、人を殺さないように説得を重ねてきたけど、それだけはどうしても変えられない性質みたいだ」

話し合いも説得も、ロボット相手に使う言葉ではない。

「ソフトはいじれないんですか。設定用のインターフェイスとかは？」

「エキシマの脳は外部から完全に独立してるんだ。スタンドアロンって言うんだっけ。Wi-Fiも

Bluetoothも非対応。だから人間と同じで、言葉で意思を伝えるしかない。といっても、僕の言うことも聞いてくれないけど」

「そうなんですか」

「まあ、とりあえず座ってよ」

実沙がテーブルに着くと、空木は冷蔵庫から取り出した缶ジュースを一本渡してきた。受け取った缶をくるりとひっくり返し、底の表記を確認したところで、視線を感じて顔を上げた。

空木が強張《こわば》った笑みを貼りつけ、震える指をこちらに向けていた。

「今見たのって、賞味期限……?」

「はい」

「何で……」

「賞味期限が切れてるかもしれないと思ったからです」

そう答えると、空木は頭を抱えてテーブルの上に伏せてしまった。変な人だ。

「どうして人に信用されないんだろう。クレジットカードも作れないし……」

「それは別の問題じゃないですか。収入が少ないとか、不安定とか」

「それ以上言わないで」

実沙は口をつぐんだ。開け放たれた窓から晩夏の生温《なまぬる》い風が流れてくる。

やがて空木はのっそりと顔を上げた。

「ごめん。たまに、どうしようもなく自分が嫌になることがあるんだ。ろくに働きもせず部屋に引きこもって、食べて寝てを繰り返すだけの、自称探偵の無職……」

「私立探偵だったら無職じゃないと思いますけど」

「探偵としての仕事なんてめったにないよ。貯金を食い潰《つぶ》して暮らしてる。働いてるのはエキシマだけで、僕はただの通訳。エキシマがホームズなら、僕は医者でもなければ文才もない、ホームズにつきまとって生活費をたかるヒモ的ワトソン……」

ネガティブ思考のスパイラルが加速している。人畜無害な印象だったが、なかなかどうして面倒くさい人だ。

話題を変えようと思ったところで、薬師の話が頭をよぎった。

「つまり空木さんは、エキシマが生み出した新しい職業に就いてるってことですか。AIの『通訳』っていう、今まで存在しなかった仕事に」

空木は急に顔を上げると、気の抜けたように呟《つぶや》いた。

「新しい、職業……」

「エキシマは空木さんがいないと仕事ができないから、二人はビジネスパートナーの関係です。空木さんはヒモじゃない」

「……ありがとう。そんなこと初めて言われたよ」

「そうですか」

「真砂さん、何だか怖い人だと思ってたけど、優しいんだね」

「そんなこと初めて言われました」

やっぱり変な人だ、と思ったそのとき。

無数のガラス窓を一斉に叩き割ったような騒々しい音がした。食器がめいっぱい詰まった棚を誰かが倒したようにも聞こえた。

破壊音の残響がようやく去ったころ、実沙は空木と顔を見合わせる。

「何でしょうか。外のほうから聞こえましたけど」

「わからない。凄《すご》い音だったね」

窓辺に寄ってブラインドの隙間から地上を覗《のぞ》き込んだ。人気のない通りに先程の音の発生源となるようなものは見当たらない。

何となく腕時計を見た。十時ジャスト。

それから二人は、実沙が手土産として持参した和菓子を食べながら、ぽつりぽつりと気詰まりな会話を交わした。

三十分くらい経って、そろそろ辞去しようと腰を上げかけたとき、大勢がどやどやと階段を上がってくるのが聞こえた。誰かがひどく興奮した声で「救急車」と連呼している。

「ちょっと様子を見てくる」

空木は席を立ち、どこかからメッシュ生地の黒いリュックサックを持ってきた。彼はリュックを逆さまにして、エキシマの身体にすっぽりと被《かぶ》せると、素早くチャックを閉めて背負う。まさか常に持ち運んでるんですかと訊くと、

「仕方ないんだ。エキシマは僕のそばを離れないから」

空木はなぜか照れたように言って部屋を出た。実沙もその後を追う。

人々の声は頭上から聞こえていた。階段を上がると屋上へ続くドアがあり、大きく開け放たれている。その向こうでスーツ姿の茶髪の女性がうずくまっていた。

「大丈夫ですか？」

空木の声に女が顔を上げた。実沙より年下にも見える幼い顔が蒼白《そうはく》になっている。

「あなたは……」

「スカイツリービル管理人の空木です」

その肩書きに意表を突かれた。四階を自宅化していたということは、空木はこのビルの所有者でもあるのかもしれない。ロボット兵器と雑居ビルを所有する私立探偵の二十代男性――空木が

何者なのかますますわからなくなっていく。

女はやや舌足らずな話し方で訥々《とつとつ》と言った。

「人が落ちたかもしれないって思って、羽山《はやま》さんと屋上に出て……それで下を見たら、本当に人が死んでて……」

いまひとつ要領を得ない話に首を傾げつつ、実沙は空木と屋上に出た。階段のある塔屋を除けば何もない、ひたすらに空虚な場所。その端に人だかりができている。

「熊野《くまの》さん」

空木が呼びかけるとぽっちゃりした中年女性が振り返った。降って湧いたトラブルに困惑しているようにも、腹を立てているようにも見える。

「ああ、空木さん……本当にひどいわよ。見てみる？」

と、バードウォッチングで使うような本格的な双眼鏡を空木に渡した。

空木は塗装の剝《は》げた赤茶色の柵《さく》に片手をかけて、双眼鏡で下を覗くと、

「うえ」

と、呻《うめ》き声を洩らして後ろにのけぞった。

実沙はその手からさっと双眼鏡を奪い、慎重に下を覗き込んだ。

スカイツリービルと、それよりやや低い裏手のビルに挟まれた、幅二メートルほどの隙間。窓のない薄汚れたコンクリートの壁が向かい合っている。その一番底、昼間なのに光がわずかにしか届かない地上部分に、異様なものがあった。

人間だ。

対象にピントを合わせる。黒っぽい服を着た男が俯《うつぶ》せに倒れていた。手足が異様な方向に捻《ね》じれていていて、ぴくりとも動かない。すでに死んでいるのだろう。

こんな生々しい死体を目の当たりにしたのは初めてだったが、距離が遠いせいかグロテスクな印象は薄い。昆虫標本や動物の剝製《はくせい》のようにも見える。

細長い空間は黒光りする破片のようなものに埋め尽くされていた。一見敷石かと思ったが、細長くて不規則な形状をよく見れば、割れたビール瓶のようだった。

さらに、男から少し離れたところに金属製の脚立が見えた。三メートルくらいの二本の梯子《はしご》を組み合わせた折り畳み式で、今は畳まれて隙間の中ほどに横たわっていた。

実沙が双眼鏡から目を離したとき、空木は血色の悪い顔で熊野に訊いていた。

「おええ……あの人、誰ですか？」

「さあねえ。一応救急車を呼んだけど、さすがに手遅れじゃないかしら。この隙間に入るだけでも一苦労だもの」

空間の両端には別のビルが敷地を接しており、ビル間の距離は何らかの法律に反していそうなほどに近い。人間には通れない二十センチ以下の隙間を残して、細長い土地は完全に閉ざされていた。

『REQ／解除／STB』

空木のリュックサックの中から少女のような声がした。しかし、その異様な早口と歪《ゆが》み切った発音は明らかに人間のものではない。エキシマが喋《しゃべ》っているのだ。

空木は小声で応じる。

「出すのは無理だよ。こんなに人が多いところで……」

『WARN／R-Blade／起動／ETA／10s』

「ああ、やめてやめて、リュック斬らないで。今見せてあげるから」

空木は慌てたようにリュックサックを下ろすと、それを両手で捧《ささ》げ持ちにして、柵の向こうに突き出した。メッシュ生地を通してビルの下を見せているらしい。

しばらくしてエキシマは言った。

『REP／空木管理者／UKN／解析情報／UN0126721276／DIE』

「死因は？」

『攻撃／BY／ANT／転落／UN0126721276／BEF／10h』

「十時間前、誰かに突き落とされたってことだね」

謎の略語だらけのエキシマの台詞《せりふ》を、空木は即座に翻訳してみせる。その様子に思わず呆気《あつけ》に取られながらも、話の内容に違和感を抱いた。犯行時刻はどう考えても間違っているし、他殺というよりもっと単純な状況に見える。

「あのとき、屋上から落ちたんでしょうか」

実沙がそう言うと、空木は怪訝《けげん》そうな顔をした。

「あのとき？」

「三十分くらい前、ガラスが割れるような大きな音がしましたよね。あれは、男と脚立が地面に衝突した音だったんだと思います。地面にたくさんのビール瓶が転がってたから、その衝撃で一気に割れたんです」

その様子を想像したのか、空木の顔色がますます悪くなった。

「でも、どうしてあんなにビール瓶が落ちてるんでしょうか」

「不良たちのせいよ」

と、熊野が背後から口を挟んだ。

彼女は裏手のビルを指差す。こちら側のビルと違って屋上に柵がなく、端が十センチほど盛り上がっているだけだ。雨を集めるための構造物だろう。

「あっちの建物、東《ひがし》タワービルっていうんだけど、長いことテナントがいない空きビルで、去年まで悪い若者の溜《た》まり場になってたの。夜になるとうるさいバイクを鳴らしながらやってきて、酒を飲んで暴れたり、大音量で音楽をかけたりやりたい放題。奴らがビール瓶をこっちのビルの壁に投げつけて遊んだせいで、下が破片だらけになってね。入口を塞《ふさ》いでからは来なくなったみたいだけど――それにしても、何でこんなところに落っこちたのかしら」

「落っこちたんじゃなくて、落とされたんです」

空木は控えめな口調ながら、きっぱりと断言した。熊野は怪訝そうに眉《まゆ》を寄せる。

「誰かに突き落とされたって言いたいの？」

「ええ。それだけは間違いなく、本当のことです」

サイレンの音がすぐ近くに迫っていた。


死んでいたのは蟻川《ありかわ》という男性だった。

三十二歳。Ｔ＆Ｆ商会の元社員だった。会社にいたころはトラブルメーカーで、セクハラとパワハラの常習犯だったが、二年前、とうとう会社の金を横領して放逐されることになった。蟻川の親戚《しんせき》である社長の目こぼしで逮捕は免れたものの、再就職のあてはなかったようで、以降は派遣やアルバイトを転々としていたらしい。

検視の結果、蟻川はハンマーのような鈍器で頭を殴られた後、屋上から転落して死んだことがわかった。エキシマの推測通り、事故死ではなく他殺だったわけだ。東タワービルの屋上の端にわずかな血痕が残されていたので、そこから突き落とされた可能性が高いと考えられる。

奇妙なのはここからである。

検視の時点で死体は死後十時間を過ぎていた。死亡推定時刻は日曜日の深夜。即死だったと見

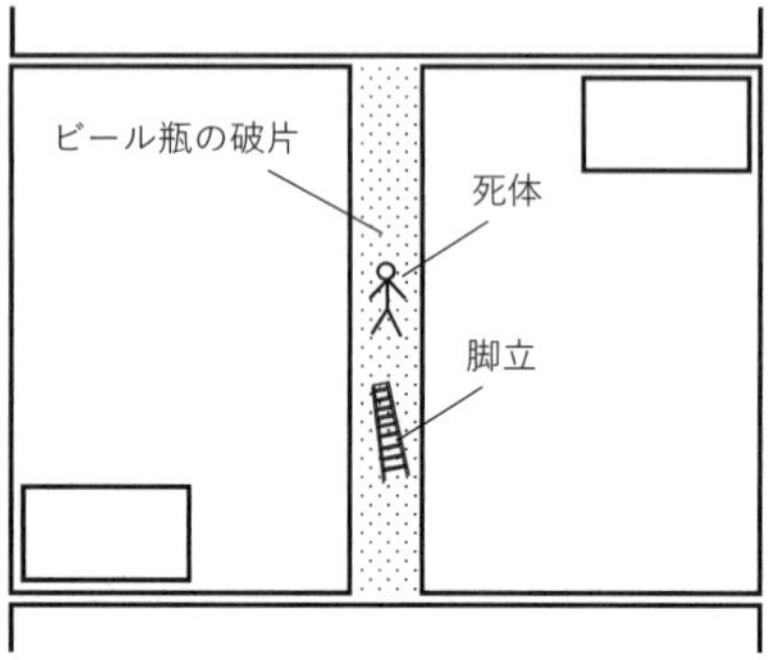

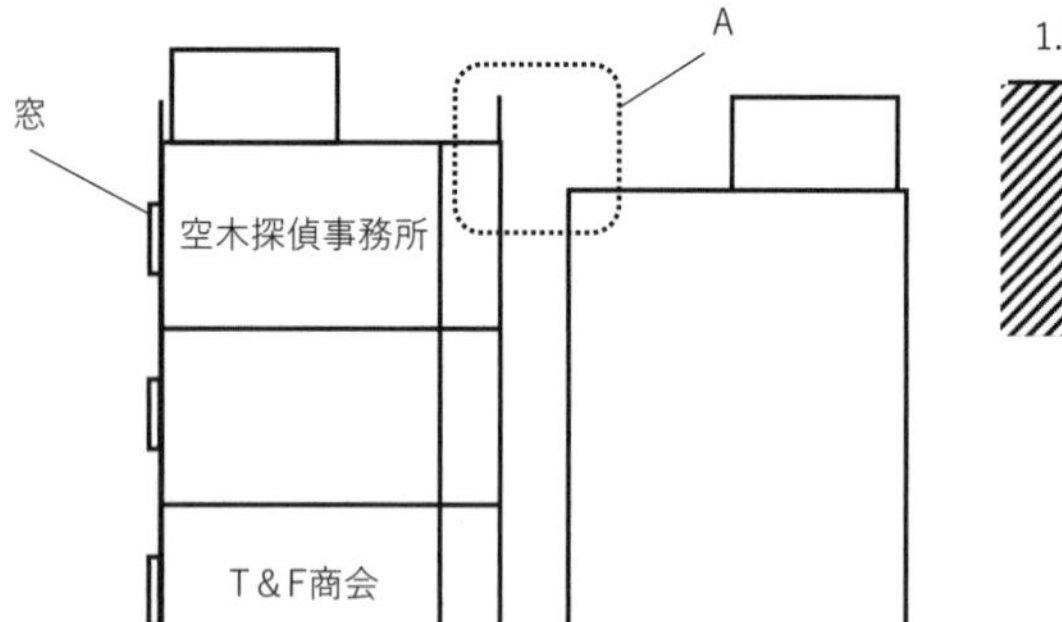

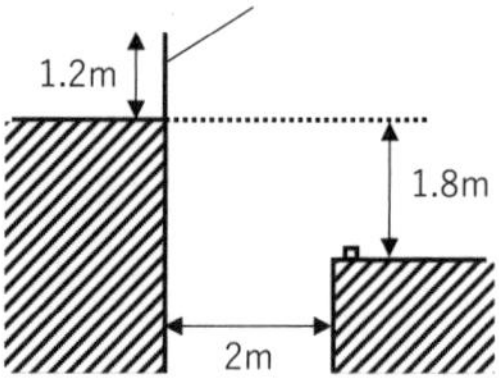

詳細図A

られるので、突き落とされたのもほぼ同じ時間ということになる。

「――ならば、月曜日の午前十時に発生した音は何だったのか」

現場の概略図が映し出されたホワイトボードの前で、涸沢《からさわ》警部は言った。

横にも縦にも大きな体格、スーツの生地が張りつめるほど膨らんだ筋肉、そして悪役レスラーを思わせる強面《こわもて》。いかにもな肉体派である彼は言葉を切ると、聴衆の一人である空木に鋭い視線を向けた。

「空木、破壊音は何によって生じたと思う？」

「わかりません」

「たまには自分の頭を働かせてみたらどうだ。それに今回は、おまえも事件関係者の一人なんだ。他人事《ひとごと》じゃないんだぞ」

「考えるのは僕の仕事じゃないですから」

空木は苦笑して足元のエキシマを手で示した。涸沢はふんと鼻を鳴らして、

「まったく、お気楽なご身分だな」

事件の数日後、スカイツリービル三階の空きテナントの一室。

ホワイトボードと数脚のパイプ椅子だけのがらんとした空間で、実沙は空木とエキシマ、そして数名の警察関係者とともに涸沢の講義を聞いていた。空木は涸沢とは面識があるようで、彼に対して親しげな口調で話しているが、涸沢のほうは捜査に紛れ込む場違いな一般人への反感を隠そうともしない。

エキシマの「仕事」とは、警察への捜査協力だ。

殺人者をサーチ・アンド・デストロイする彼女の性質は、犯人の匂いを追跡する警察犬にも似て、殺人事件の捜査にはうってつけである。最短経路で犯人に到達する、その人智を超えた推理

力を警察も頼りにしているという。

　薬師教授は警察のお偉方と裏で結託し、エキシマを捜査に利用させるのと引き換えに、研究のために捜査情報を含んだデータの提供を受けている。この事実が表に出たら、薬師も警察上層部も、もちろん実沙もただでは済まないだろう。教授のお手伝いという名目で、何とも危険な話に巻き込まれてしまったものだ。

　実沙の仕事はエキシマの言動を記録することだ。捜査情報にも記されない、エキシマの些細《ささい》な発言や行動をもれなく拾い上げ、完全なブラックボックスである彼女を解析するための手掛かりとする。さくっと分解して電子基板に直接アクセスすればいいのにと思うが、おそらく何か差し支えがあるのだろう。

　そんなわけで、実沙は自らの務めを果たさんと、大人しく手帳にペンを走らせていたのだが、空木と涸沢のやり取りを聞いて、つい口を挟みたくなった。

「破壊音の原因は、脚立ですか？」

　涸沢は意外そうに眉を上げ、実沙に向かって頷いた。

「ああ。あの日、スカイツリービルにも東タワービルにも音源となりそうなものは見つからなかった。となると『大量のガラスが割れるような音』を立てられるのは、ビルの隙間に落ちていた脚立しかない。畳んだ状態で全長三メートル、重量十二キロのアルミ製だ。あの高さから落とせば、ビール瓶程度ならまとめて粉砕できる」

「他の可能性は考えられませんか」

「どういうことだ」

「例えば、犯人が自分の指紋のついたビール瓶を、死体と一緒に屋上から落としてしまったのかもしれません。ビルの隙間には地上からも屋上からもアクセスできないので、大量のビール瓶を落としてごまかそうとした」

「それなら死体の上にも瓶の破片が散らばるはずだが、瓶の破片は死体の下にしかなかったし、死体周辺の破片は長いあいだ風雨に晒《さら》されたもので、指紋は検出されなかった。第一、ガラスに付着した指紋は屋外なら数週間で判別不能になる。所詮《しょせん》は放っておけば消える証拠だ」

空木は困惑するようにちらちらと実沙を見ている。それもそうだろう。あくまで教授側のオブザーバーであり、使い走りに過ぎない一介の学生が、図々しくも本職の警察官に意見しているのだから。出過ぎた真似をしているという意識はあった。

こんなことをしているのは、空木が先程放った言葉のせいだ。

――考えるのは僕の仕事じゃないですから。

基本的に、ヒトは考えるのが嫌いな生き物だ。

思考に要する多大なエネルギーを節約するため、行動をルーティン化したり、判断を他人任せにしたりする。その中で、思考の外部委託《アウトソーシング》としてのＡＩが登場するのは自然な流れだろう。思考を補助または代替する道具として、ＡＩに高い価値があるのは認める。

それでも、思考をエキシマに丸投げするような空木の台詞を受けて、こう思った。

「考える」という最高の娯楽を、どうして自ら手放してしまうのだろう、と。

ともかく、と涸沢は続ける。

「例の破壊音を立てたのが脚立なのは間違いない。あの脚立は元々東タワービルの中に置いてあったもので、犯人が偽装工作のために利用したと考えられる。スカイツリービルへの侵入を目論《もくろ》んだ蟻川が、運悪く転落したように見せかけるためだ。蟻川には会社の金を盗んだという前科があるからな。

そして、脚立は二本の梯子を蝶番《ちょうつがい》で繋いだ構造だが、ある一定の角度以上は広がらないから、畳んだままビルの隙間に渡しかけることになる。これはかなり不安定な状態だ。少しバランスを崩せば簡単に落ちる」

犯人は蟻川を突き落とし、脚立をビルのあいだに渡しかけた。翌朝、風に煽《あお》られた拍子に脚立が落下し、派手な音を立てた――

というのが当初の見立てだったが、その後、新たな事実が判明したという。

「科学鑑定の結果、脚立にはビルの壁面と擦《こす》れた痕跡《こんせき》がなかった。ビルのあいだに渡しかけられた脚立が偶然落下した場合、脚立のサイズと隙間の幅を考えると、脚立は壁にぶつかりながらランダムに回転しつつ落ちていくはずだ。壁に一度も接触しないというのはあり得ない。つまり、脚立は横倒しで、壁に対して平行に落とされた」

「人が落とした、ってことですか」

涸沢は頷き、だが、と先を続けた。

「月曜日の午前十時の時点で、屋上には誰もいなかったはずだ。このビルの一階出入口には監視カメラが設置されているが、君と空木、T&F商会の社員以外の人物は映っていなかった。そして君と空木、そしてT&F商会の社員たちにはアリバイが成立する。屋上から脚立を落とすことができた人物はいない」

一方、東タワービルから屋上に向かうルートも塞がれていたという。

「月曜日、東タワービルにはビル所有者の東《ひがし》という男性がいた。東は県外に住んでいるが、久々にビルの手入れに来たらしい。午前九時半から警察が来るまで一階の出入口付近にいて、そのあいだ建物に入った人間はいないと証言している。警察到着後、ビル内部が完全に無人だったことも確認済みだ。また、東は事件関係者で唯一、前日の夜に明確なアリバイがある。少なくとも蟻川を殺した犯人じゃない」

いくつか言及しておくべきことがあった。

「ワイヤーのようなもので脚立を吊《つ》るしておいて、時限装置で落としたとは考えられませんか？」

「屋上の柵にロープやワイヤーなどが擦れた跡はなかった。脚立の重量を支えられそうな構造物は他にないし、横向きで落とすとなると大掛かりな仕掛けが必要だから、機械トリックの線は薄いと思われる。柵には脚立を差し渡した痕跡があり、東タワービルの排水用の突起にも同様の跡があった。この突起を支えにして柵に立てかけたんだろう」

それともう一つ、と実沙は重ねて問う。

「私が言うべきことじゃないかもしれませんが、私と空木さんが共犯で、互いのアリバイを偽証している可能性はあります。あと、T＆F商会が会社ぐるみで隠蔽《いんぺい》したと考えることもできますけど」

「――T＆F商会に関しては、通話記録やPCのログから裏付けが取れている。そして、君と空木のアリバイは確認済みだ。そこのところは問題ない」

よくわからない回答だったが、それ以上突っ込むのは自重した。話を先に進めさせろという無言の圧を感じたからだ。

「この事件の中心には、誰が、何のために、どうやって脚立を落としたのか、という謎が存在する。動機面からの捜査は難航しているが、もし脚立を落とした方法を解明できれば、犯人の特定に繋《つな》がるはずだ。理由はともかく、それをやったのは犯人に間違いないからな」

涸沢は視線を下げ、エキシマを見据えた。

「おいロボット、ここまでの話に何か文句があれば言ってみろ」

やけに喧嘩《けんか》腰だ。

一方、エキシマは一言も発さない。涸沢の挑発に憤るでもなく、冷然と見下すようでもなく、ただ奇怪な現代アートのように静止している。

しばらく椅子に座ってにこにこしていただけの空木が、ようやく口を開いた。

「エキシマが何も言わないってことは、情報を与えたくないってことです。エキシマは嘘をつけません。涸沢さんの質問に答えれば、僕たちが真相にたどり着いてしまうかもしれないと判断したんでしょうね」

意味がわからなかった。

エキシマは捜査に協力するためにここにいるはずだ。それなのに空木の言い方だと、彼女は事件の解決を望んでいないように聞こえる。

涸沢はその疑問の答えを知っているらしく、腹立たしげに言った。

「機械のくせして人間様を利用するとは、生意気な奴だな」

「僕たちも同じじゃないですか。警察にも解き明かせない真相を、エキシマに教えてもらおうとしてるんだから」

「警察が無能だから、ロボットに頼らざるを得ないと言いたいのか？」

涸沢に低い声で凄まれて、空木は首をすくめる。

「別に、そんなことを言ったわけじゃないです」

その怯《おび》えっぷりを愉快に思ったのか、涸沢は口の端を歪めて笑い、部屋の奥に控えている同僚に目配せした。

「――そろそろ証言者を呼ぶか。繋いでくれ」

プロジェクターでホワイトボードに映し出されたのは、一人の女性だった。茶髪で子供っぽい顔つき。事件の日、屋上でうずくまっていた彼女だ。

「死体の第一発見者、T&F商会の鳥口《とりぐち》さんだ」

リアルタイムで撮影しているらしく、彼女はカメラを不安げに見つめている。

『あのー、聞こえてますか？』

「ええ、鳥口さん」と涸沢が応じる。「何度も申し訳ないのですが、もう一度事件当日のことについてお聞きしたい。死体を見つけるまでの経緯を話していただけますか」

『あっ、はい』

それから鳥口は、たどたどしい口調で説明を始めた。

『あの日は遅刻気味で、九時ちょっと前に出社して、事務所で電話対応をしてました。えっと、コールセンターみたいな感じです。それでお客さんと話してるとき、あの音がしたんです。

どしゃーん、みたいな激しい音。

ヘッドセットをつけてたから、はっきりと聞こえたわけじゃないけど、対応が終わった後で隣の子に確認したら、私も聞いたよって言われて。

あたし、凄く焦りました。早く屋上に行かなきゃ、って。

あの音が人の落ちた音だと思ったからです。

ビルの裏に隙間があって、そこにたくさんの瓶が捨ててあるのは知ってました。もしかしたら、誰かがビルの屋上から落ちて、そのせいで瓶が割れたんじゃないかって。でも、様子を見に行かせてなんて上司には言えなかった。絶対信じてくれないし。だから休憩時間まで待って、羽山さんを屋上に誘ったんです。

あのビルの屋上、鍵《かぎ》がなくていつも開いてるから、休憩時間とかに煙草吸いに行くんです。羽山さんも煙草吸わない人なのに、だいたい毎日休憩に付き合ってくれます。あたしが煙草吸ってるとき、スマホでゲームやってることが多いですね。こう、屋上の柵に肘《ひじ》をついて、夢中で指を動かしてるんです。凄いなあって思います。あたしなんて、屋上の端っこに寄るのも怖いのに。

えっと、話を戻しますね。

羽山さんと廊下に出たところで、双眼鏡を持っていったほうがいいって気づきました。屋上から地面って遠いから。それで、ちょっと待っててくださいって羽山さんに言って、先に倉庫に入ったんです。

倉庫っていうのは、うちの事務所の隣にある、事務所とそっくりな部屋です。昔はこっちも事務所だったらしいけど、社員が減ってからは物置になってて、いろんな商品サンプルが置いてあります。空気清浄機、地球儀、仏壇、オーディオセット、マッサージチェア――節操ないですよね。その中に双眼鏡もあるんです。

いつもブラインドが下りてて暗い部屋だけど、双眼鏡の場所は知ってました。先週、バードウォッチングがやりたくてこっそり持ち出してたので。部屋に入ったらいきなりドアがばたんって閉じて真っ暗になったんです。電気のスイッチの場所がわからないから、仕方なく手探りで探してたけど、何だか部屋の様子が違う気がしてもたついちゃいました。でも、後から入ってきた羽山さんが電気をつけてくれたらすぐに見つかったんです。それにしても、何でドアが閉まったんでしょうね。不思議です。

それから二人で屋上に上がって、ビルの隙間のところまで行ったんです。高所恐怖症だからぶるぶる脚が震えたけど、頑張って下を覗いたら、遠くに人の形っぽいのが見えて。あれは絶対に死体だって思いました。

そしたら腰が抜けちゃって、その場に座り込んだんです。

羽山さんが警察を呼ばないとって言った後に、あっ、って叫んだのが聞こえました。あの隙間にスマホを落としちゃったみたいです。羽山さんも相当パニックになってて、あたしのせいで申し訳ないなって思ったのを覚えてます。

あたしもスマホを持ってきてなかったので、羽山さんは屋上から急いで下りていきました。すぐに他の社員たちが上がってきて、それで終わりです。

——蟻川さんのことですか？

亡くなった人を悪くは言いたくないですけど……嫌な人でした。はっきり言って、大嫌いでした。ちょっとミスしたら怒鳴られて、嫌らしいことも言われて、入社してそんなに経ってないころだったから、何度も泣いちゃって。あと、優しくしてくれた先輩社員の人も蟻川さんのせいで辞めちゃって、それも悲しかったです。だから、蟻川さんがいなくなってほっとしたのを覚えてます』

鳥口に礼を述べて、涸沢はこちらを振り向いた。

「何か質問はあるか？」

予想通り、空木とエキシマは黙っている。実沙は小さく手を挙げた。

「一つ、いいですか」

涸沢が頷くのを見て、実沙は画面に向かって訊いた。

「ガラスの割れる音を聞いて、屋上から人が落ちたと思うのは、かなり飛躍しているような気がします。あの隙間に大量の瓶を捨てた若者たちが、また同じことをしたと考えるほうが自然じゃないですか？」

鳥口ははっとしたような顔をして、ばつが悪そうに頬を掻《か》いた。

『ごめんなさい、言い忘れてました。

あたしのお姉ちゃん、ビルの上から飛び降りて死んじゃったんです。

悪い男の人に騙《だま》されて、おかしくなっちゃったんだと思います。あたしはまだ高校生でした。直接見たわけじゃないんですけど、今でも夢に見ることがあります。ものすごく嫌な夢です。あたしが高所恐怖症になったのもそのせいです。だから、あの音を聞いて、誰かが飛び降りたって勝手に思い込んじゃったのかもしれません』

「……そのことを、他の社員に話したことはありますか」

『あの日、羽山さんに話したのが初めてです』

鳥口が立ち去った後、無人の画面を見つめながら考えを巡らせた。

人の飛び降り自殺に鳥口が過剰反応すると社員の誰かが知っていたら、音を利用して彼女に死体を発見させたとも考えられたが、その可能性は消えた。

死体が見つかったのは偶然だったのか。あるいは――

次に画面に現れたのは、鳥口と同年代に見える黒髪の女性だった。フレームの細い眼鏡をかけている。T&F商会の羽山さん、と涸沢は紹介した。

涸沢に促され、羽山は落ち着き払った態度で話し始める。

『あの日はいつも通り八時半に出社しました。九時から仕事を始めて、一時間くらい経ったとき、ガラスが割れるような大きな音がしました。たまたま電話の合間だったので、何だろうと思って周りを見渡したんです。窓が開いてたから、前の通りで交通事故でも起きたのかもしれないと思いました。

――はい、熊野さん以外は全員いました。はっきりとは覚えてませんが。

十時半に鳥口さんと休憩に行くことにして、一緒に部屋を出ました。

あのときは休み明けで眠かったせいか、少しぼんやりしてたんだと思います。階段の近くで彼女がいないのに気づいて、振り返ったら倉庫のドアが勢いよく閉まるのが見えました。倉庫に行ったら、鳥口さんは双眼鏡を探してました。屋上から人が飛び降りたかもしれないから、確認のために必要だって。

また変なこと言い出したよって呆《あき》れてたんですけど、お姉さんの話を聞いたら何も言えなくなりました。能天気な子だと思ってたから、そういう暗い過去があるのが意外で、ショックを受けたというか。

だから特に反論せずに、屋上からあの隙間を確認することにしたんです。

そしたら本当に死体があって、もうパニックで。

焦って通報しようとして、スマホをビルの下に落としちゃったのは最悪でした。結局、画面が割れただけで済んだんですけど。スマホって意外と頑丈なんですね。

それで、鳥口さんもスマホ持ってなかったから、二階まで下りて、上司に事情を伝えて通報してもらいました。以上です。

——蟻川さんのことは正直よく知りません。なるべく関わらないようにしてたので。でも、会社のお金を盗んだって聞いたときは驚きましたね。それに社長が温情をかけたのもびっくりです。どう考えても警察に突き出すべきだったのに。さすがにこの会社駄目だなって思って、今は別の仕事を探してるところです』

羽山と入れ替わりに現れたのは、前の二人よりも年配で太り気味の女性。死体が発見された日、屋上で顔を合わせた熊野だった。

取り調べを何度も受け続けてきたのか、彼女は不満と疲れを顔に滲《にじ》ませていた。

『——ええ、十時くらいにトイレに行きました。部屋に戻ったら、凄い音がしましたねって後輩の子に言われたんだけど、言いすぎじゃないかって思いました。どこか遠いところでゴミ箱をひっくり返したのかな、くらいにしか聞こえませんでしたし。私ももう年なのかなあと思ったりして。

部屋を出てたのはほんの五、六分だったと思います。まあ、もうちょっと長かったかもしれないけど、まさか屋上に行ったりはできませんよ。膝《ひざ》も悪くて、前にうちの会社が売ってた関節に良いサプリも呑《の》んでますし。効果は気休めだと知ってますけどね。

それより、もっと怪しい人がいるでしょう。

管理人の空木さんですよ。探偵事務所って看板は出してるけど、昼間からぶらぶらしてて、まともに働いてるとは思えないの。たまに怪しい男たちが出入りしてるのを見ると、何だか気味が悪くって。それに、あの人が住んでる四階、屋上の真下でしょう。やっぱり何かあると思うんです』

空木は無言で頭を抱えている。熊野の遠慮のない発言から察するに、向こうからこちらの様子は見えていないのだろう。

蟻川について話してほしいと涸沢が水を向けると、熊野はしんみりと言った。

『とことん駄目な人でしたよ。でも、ちょっと可哀想にも思うの。殺されたのはもちろん気の毒だけど、私が言ってるのは会社を辞めたときの話で。

あの人、立場が下の人には強気に出るのに、上からは甘やかされるタイプなんです。立ち回りは上手いから、並外れて悪いことはしないし、できない。だから横領なんて大それたことができるタイプじゃないの。私の勝手な意見ですけど。

彼が管理してた金庫からお金が無くなったときも、自分は盗んでない、誰かに鍵を盗まれたんだって言い張って、しまいにはわんわん泣いてました。情けないというか、哀れというか、ちょっと見てられない姿でしたよ』

三人の蟻川に対する評価は総じて手厳しい。生前の彼の人となりが窺《うかが》える。

実沙は手を挙げて質問した。

「T&F商会の他の社員さんは、空木さんをどう思ってるんですか?」

『うーん、交流がなくてよく知らないっていうのが大半だと思います。四階をゴミ屋敷にしてるとか、変なペットを飼ってるとか、あまり良い噂は聞かないわね』

「ありがとうございます。参考になりました」

熊野が画面から去った後、空木は恨めしげな目を向けてきた。

「さっきの質問、事件と関係ないよね……」

空木が不審人物だと思われているのだとしたら、犯人が彼に濡《ぬ》れ衣《ぎぬ》を着せようとした可能性は十分にある。空木のアリバイが立証されていなかったら、脚立を落とした人間の第一候補は彼だったはずだ。

が、考えるのは自分の仕事じゃないと言い放った空木に、そんなことを教えてあげる義理はない。スクリーンを見据えたまま黙殺する。

続いての証言者は白髪の老人だった。東タワービル管理人の東である。高齢だが、話し方はしっかりしていて若々しさがある。

『知り合いにチェーンの居酒屋を経営している男がおりまして、うちのビルに店を出したいと言うんです。長いこと放置していた建物なもんで、荒れ果てて使い物にならないと散々言ったんですが、結局は折れて、安く貸してやることにしました。

彼とその話をしたのが日曜の夜でした。彼が証人になってくれなかったら、私も人殺しと疑われていたかもしれない。そう思うとぞっとしますな。

次の日、朝一番にビルに向かいました。彼が来週あたりに様子を見に行きたいというので、その前に少しは見てくれを良くしておこうというわけです。

玄関が壊れていたのには驚きました。しっかり板を打ちつけて塞いでいたんですが、それがまったく用を成していない有様で。おかしな輩《やから》が住み着いていたら厄介だと思いまして、ひと通り建物の中を見回ることにしました。

一階から三階まで見て回りましたが、特に変わった様子はありませんでした。脚立がなくなっていたのは警察から聞いて知りました。植木職人の知り合いに譲ってもらったものですが、背が高すぎて取り回しが悪いもんで、何回か外壁の掃除に使った後は一階の物置に仕舞ったきりでした。

見回りが終わった後は一階に下りて、玄関まわりの掃除をしていました。もちろん、ずっと玄関の前にいたもんで、誰かが入ってきたらすぐわかります。最初にやってきたのは警察でした。人が死んでると聞いて仰天しましたな。

変に思ったのは、ガラスが割れるような音を聞いたか、と警察に訊かれたことです。そんなものはビルに着いてから一度も耳にしませんでした。

私はもう七十を過ぎた年寄りですが、そう耳は悪くないはずです。そこら一帯に響くくらいの大きな音なら、建物の中にいても多少は聞こえるでしょう。まして、玄関は開け放していたんですから』

破壊音が聞こえなかったというのは奇妙だが、ぼんやりとしていて聞き落とすことくらいはあるかもしれない。ビルの建物自体が遮音壁になったとも考えられる。

画面が暗転すると、涸沢はホワイトボードの前に戻った。

「以上が、こちらでピックアップした事件関係者の四人だ。破壊音の発生時にアリバイがないという点で、容疑者は熊野一人しかいないわけだが、彼女が脚立を落としたというのは非常に疑わしい。

例の音がした時刻と、熊野が戻ってきた時刻は、ＰＣの記録と各人の証言からかなり正確に割り出せている。例の音がしたのは熊野がデスクに戻る二十秒前。膝の悪い熊野が、その時間で三階分の階段を駆け下りることができるとは思えない。実際に俺が試してみたが、全力で走っても二十一秒かかったからな」

ご苦労なことである。

実沙は四人の証言を順に思い起こした。取り留めのない証言の数々を聞いているとき、どこかに小さな引っかかりを感じた気がする。

考えに耽《ふけ》るうち、視線は自然と横に逸《そ》れ、何とはなしに窓を眺めていた。ブラインドの板は水平になっていて、隙間から差し込んだ陽光が床に縞《しま》模様を描いている。

そうか、窓だ。

「……涸沢さん、倉庫の窓は閉まってたんですか」

「事務所の隣の部屋か？　警察が来たときには窓は閉まっていて、鍵もかかっていた。あの部屋は施錠こそされていないが、めったに人の出入りはないと聞いている」

「色々物を置いてるそうですけど、不用心じゃないんですか」

この問いには空木が答えた。

「Ｔ＆Ｆ商会はもうあの部屋を解約してて、本当は空き部屋なんだ。でも他のテナントが入る予定もないし、完全に引き払うにも時間がかかるってことで、中身はそのままで鍵だけ返してもらってる」

実質タダで貸しているということだ。人の好《い》いことである。

続けてもう一つ空木に訊いた。

「倉庫の窓から人が飛び降りたら、一階の監視カメラには映りますか？」

「うーん……カメラが設置されてるのは雨避《あまよ》けの下で、少し奥まったところにあるから、角度的に玄関の真正面しか映らないんだ。倉庫の窓は玄関の真上にあるわけじゃないから、カメラに映らずに飛び降りることはできると思う」

これでデータは出揃ったはずだ。エキシマはとっくの昔に真相を見抜いていて、すでに殺害機構をアイドリングさせているのかもしれない。それでも、すべてをエキシマに委《ゆだ》ねてはいけない、自分が語るべきだと思った。

たとえそれが、ヒューマンエラーに満ちた推理だとしても。

「思いついたことがあります。お話ししていいですか」

涸沢は頷く。その瞳《ひとみ》に期待の色が窺えるのは気のせいだろうか。

「まず前提として、脚立を落としたのは外部の人間です。私や空木さん、T&F商会の社員にはアリバイがありますから。

ただし、共犯者がいたとすれば話は別です。

脚立を落とした人物をX、スカイツリービル内部にいた共犯者をYとします。

日曜の夜、Xと蟻川さんは東タワービルを訪れました。脚立を屋上に運んでいたことからして、スカイツリービルに侵入するのが目的だったんでしょう。ですが、Xは蟻川さんを裏切ります。隠し持った鈍器で彼を殴り、ビルの隙間に突き落としたんです。

犯行後、Xが何時間もビルに留《とど》まっていた理由はいくつか考えられます。蟻川さんと揉《も》み合ったとき、X自身も負傷してしばらく気を失っていたのか、あるいは証拠の処分に手間取っていたのかもしれません。

そこに東さんがやってきて、無人の廃墟だと思い込んでいたXは慌てました。姿を見られる前にそこから逃げなくてはなりません。東さんのいる一階には近寄れないので、Xは脚立を使い、スカイツリービルの屋上に移動しました。

何とか難を逃れたXですが、ここである問題に直面します。

脚立の後始末です。

脚立を屋上に置き去りにすれば、侵入者を疑った誰かが死体を発見し、想定より早く死体が発見されてしまうかもしれない。かといって、屋上に脚立を隠す場所はない。そこで、Xは脚立をビルの隙間に落としました。多少大きな音がしたとしても、それがどこから聞こえた音なのかはわからないだろうと高をくくって。

それからXは階段で二階まで下りて、倉庫の窓から地上に飛び降りました。屋上からのダイブに比べたら安全です。開いたままの窓はブラインドが隠してくれるし、後で共犯者に閉めてもらえばいい。おそらくスマホでYに指示を出したんでしょう。

でも、死体が発見されてからの混乱時に、Yが窓を閉めに行くチャンスがあったかどうかは微妙です。社員たちが事務所から出ていましたから、隣の部屋に入ったりすれば人目に付きます。それに、窓が開いたままなのが見つかったからといって、即座に犯人と結びつくわけじゃないから、リスクを冒すメリットは薄い。

つまり、犯人は脚立が落とされた十時から、死体が発見された十時半のあいだに窓を閉めることのできた人物です。

ここで思い出してもらいたいのは、鳥口さんが倉庫に入ったとき、ドアが勢いよく閉まったことです。もちろん心霊現象じゃありません。

原因は風圧です。

階段の近くにいた羽山さんは、倉庫のドアが閉まるのを見た。ということは、倉庫のドアは空木さんの事務所と同じで外開きなんでしょう。廊下から倉庫へと空気が流れていたから、ドアは風圧で勝手に閉まった。もし部屋が密閉されていたらそんなことは起こらないはずです。

つまり、鳥口さんが倉庫に入ったとき、窓は開いていたんです。

彼女は結局、屋上では双眼鏡を使いませんでした。双眼鏡を取ってくるというのは、一人で倉庫に入る言い訳だったんでしょう。Yは鳥口さんだったんです。

彼女は倉庫に入ると、羽山さんが来る前にXが脱出した窓を素早く閉めました。まもなく死体が見つかり、窓を閉めるチャンスが失われると知っていたからです。

鳥口さんは姉の飛び降り自殺というトラウマを抱えています。人の落ちる音に敏感というのは事実でしょう。だから、Xが脚立を落とした音に過剰に反応した。羽山さんと一緒に屋上に行けば、必ず死体を見つけられてしまうと思い込んだんです。

Xの正体については想像するしかないですが、ビルの構造や監視カメラの位置を知っていて、鳥口さんと親しい人物という線で考えるなら、蟻川さんのせいで会社を辞めたという鳥口さんの先輩かもしれません。鳥口さんは慕っていた先輩をかばうために脱出に協力したんでしょう。

——以上です」

想定より長々と喋ってしまったことに内心動揺しつつ、実沙は涸沢の表情を窺う。

涸沢は険しい顔つきで手帳を睨《にら》み、しばらく黙り込んでから言った。

「——猪飼務《いかいつとむ》。三十歳」

「それは、鳥口さんの……」

「退社した先輩社員だ。被害者の死亡推定時刻には一応アリバイがあるとはいえ、それほど信頼性の高い情報じゃない。詳しく洗えばボロが出るかもしれん」

涸沢は部屋の後方に立っている刑事たちに命じた。

「猪飼を洗い直せ。月曜日のアリバイも確認しろ」

――私の推理で、私の言葉で、捜査が進展している。

現実味のない状況に頭がぼうっとしていたが、胸の底からじわじわと込み上げてくるものを感じた。推論を行うだけの機械には味わうことのできない感情。

浮かれていなかったと言えば嘘になる。

だからエキシマに目を向けたとき、彼女がこちらを睨んでいるように錯覚した。私の仕事を奪うな、と無言で訴えかけているように感じて、実沙は心の中で呟いた。

――今回は人間の勝ちだよ。

そのとき、非人間的な少女の声が部屋に響き渡った。


『X = Null』


続いてエキシマは何かを発声した。それは言葉というより圧縮された情報とでも呼ぶべきもので、断片的に聞き取れたのは意味不明な略語と数字ばかり。

ジャーゴンの奔流が収まり、あたりに静寂が戻ったころ、

「エキシマはこう言ってます」

呆然《ぼうぜん》としている実沙を横目に、空木は淡々と話し始めた。

「Xが幅二メートルの隙間を越えるため、東タワービルの端からスカイツリービルに全長三メートルの脚立を差し渡した場合、脚立の上端は東タワービルの屋上から約二・二メートルの高さに

なる。これはスカイツリービルの柵より八十センチも低い。そして、実際には脚立の下端は東タワービル屋上の突起で支持したと考えられるため、鉛直方向の高さはさらに目減りする。

また、科学鑑定の結果、脚立にはビルの壁面と擦れた跡がなかった。脚立は壁面に平行かつ横向きに落とされただけではなく、脚立を引き上げる際、スカイツリービルの壁面に脚立の下端が衝突することもなかったと推測できる。

つまり、Xはスカイツリービルに渡った後、柵より八十センチ下にある十二キロの脚立を引き上げ、なおかつ脚立が揺れて壁面に当たらないように支えながら、さらに横向きに持ち替えて落としたことになる。

日本の成人男性の腕の長さは平均七十センチ。脚立を引き上げることすら常人には困難であり、振り子の要領で手前に振れる脚立を止めるのも、柵に傷をつけずに脚立を横向きに持ち替えるのも不可能に近い。まして、一刻も早く現場から去らなくてはならないXに、そのような無意味な労力を払う余裕はない。

したがって、Xはスカイツリービルから脚立を落とすことができない」

実沙の推理を切り刻んでいく空木の表情は冷たかった。論理的で冷然とした言い回しも相まって、ナマケモノを思わせる普段の彼とは別人に見えた。

まるでエキシマが憑依《ひょうい》したかのように、空木は続ける。

「必然的に、脚立は東タワービルから落とされたことになる。東タワービルの屋上には柵がなく、脚立を落とすのは難しくないが、Xがスカイツリービルに渡る方法は失われる。柵にはロープやワイヤーの痕跡がなかったため、それらを使って隙間を越えることもできない。結論として、Xは存在しない」

涸沢は、空木ではなくエキシマを鋭く見据えて問いかけた。

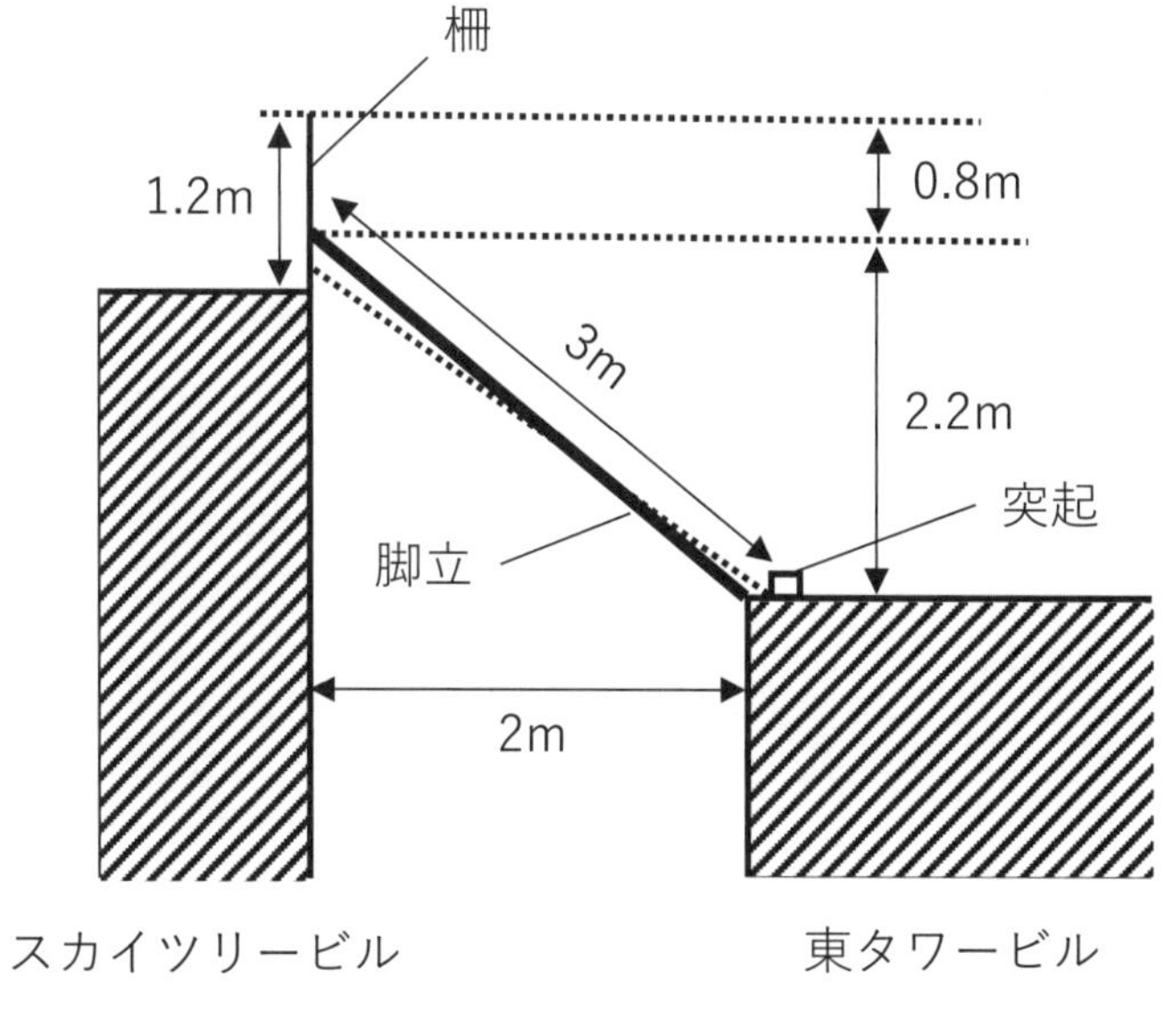
柵
1.2m
0.8m
3m
2.2m
突起
脚立
2m
スカイツリービル
東タワービル

「だったら、人殺しは誰だ」

エキシマが何かを言い、空木が通訳として答える。

「今、このビルに集められた関係者の中にいる」

「おまえにしちゃ気前がいいな。ここに来ているとおまえが知っているのは、モニター越しに話を聞いた四人。あの中に犯人がいるってことか？」

エキシマは答えない。

「ふん……まあいい」

涸沢はエキシマから顔を背けると、一同を見渡して宣言するように言った。

「これから、面通しを始める」


部屋には異様な緊張感が漂っていた。

通路側の壁を覆い隠すように黒いカーテンが部屋を二分している。空木とエキシマは窓側の空間の中央でカーテンに向かい合っている。実沙はそこから窓際まで下がったところに立ち、涸沢の傍らで緊張に身を硬くしていた。

いよいよ始まるのだ。エキシマによる審判が——

「準備よし」

カーテンの向こう側から聞こえた刑事の声に、涸沢が唸るように応じる。

「開けろ」

カーテンの合わせ目が左右にさっと開き、一メートルほどの隙間ができる。その先には死体の第一発見者、鳥口が不安そうな表情で立っていた。

「あの……これ、何ですか？」

当然の反応だ。彼女はエキシマの存在も、この「面通し」の目的も何一つ知らないのだから。

面通しの準備が整うまでの待ち時間、空木は緊張気味に説明した。

——エキシマに一人ずつ容疑者を見せるんだ。もしエキシマが容疑者を殺そうとしたら、その人が犯人ということになる。そして僕は、エキシマが本当に犯人を殺してしまう前に強制停止させる。僕たちはこれを面通しって呼んでる。

ふらふらとさまよう鳥口の視線と目が合って、実沙は思わず目を逸らしてうつむく。

堂々と顔向けできるわけがない。誤った推理で彼女を告発してしまった自分が。

「閉めろ」

涸沢の号令でカーテンが再び閉められるまで、エキシマは身じろぎもしなかった。

予想通りだった。実沙の推理に対して痛烈な一撃を入れたエキシマが、まったく同じ人間を告発するはずがないと思ったから。

しかし、残る三人の中に本当に犯人がいるのだろうか。

「開けろ」

続いて現れたのは小柄な老人、東タワービル管理人の東だった。

共犯者の存在が否定された今、物理的に脚立を落とすことができたのは彼しかいない。とはいえ、被害者の死亡推定時刻にアリバイがあるのもまた事実だ。

年の功と言うべきか、東は鳥口と比べてずいぶん落ち着いているように見えた。

「不思議なことをされていますな」

と、のんびりとした感想を述べる。

エキシマが動かないまま時間は過ぎて、カーテンが戻された。

「開けろ」

三回目の涸沢の号令とともにカーテンが開く。

その瞬間、エキシマの黒い輪郭がぶわりと広がった。

「——ストップ！」

空木が叫ぶと、エキシマの動きは止まった。

実沙の位置からは後ろ姿しか見えないが、エキシマのボディの正面が割れたように大きく開き、そこから銃らしき筒状のものが突き出しているのが窺えた。

銃が狙いを定めているのは、カーテンの隙間に立っている女性。彼女は禍々《まがまが》しい姿に変じた見慣れない物体を、半ば放心したような顔で見つめていた。

エキシマ、と空木が呼びかける。

「君の推理を話して」

『REP／空木管理者／ENY／解析情報／UN01267212840——』

上官の指令に応じて、エキシマは自らの推理を高速で吐き出し始めた。

エキシマに殺人者《エネミー》を処刑させず、なおかつ彼女に推理を語らせるには、二つの条件を満たさなくてはならないという。

一つ目の条件は、エキシマにエネミーの姿を視認させることだ。

エキシマがエネミーを特定した段階では、彼女はまだ「追跡シーケンス」とでも呼ぶべき状態であり、管理者であってもエネミー特定に至った理由を引き出せない。しかし、射程内にいるエネミーを認識し、「殺害シーケンス」が開始された瞬間から、エキシマが作成した「エネミー解析情報」にアクセスできるようになる。

二つ目の条件は、エキシマを強制停止させること。

殺害シーケンスが開始すれば、エネミーの命は風前の灯火《ともしび》だ。管理者がエキシマを強制停止させることでしか、処刑の実行を止める術はない。

つまり、エキシマから推理を聞き出すには、彼女が犯人を殺そうとする直前に停止させるしかない。強制停止のタイミングを正確に見定める必要がある。犯人を目にする前では早すぎるし、殺した後では遅すぎる。

言ってみれば、これはゲームのバグ技に近い。

エキシマをある特殊な状態に導き、彼女のプログラムに潜むごく小さな間隙《かんげき》を突くことで得られる、特別な報酬。それこそがエキシマの推理だ。

警察の捜査方法としては恐ろしくリスクの高い方式なので、様々な安全策が用意されている。面通しの直前まで容疑者の姿をカーテンで隠しているのも、エキシマが動くタイミングを制限し、強制停止を成功しやすくする仕掛けだという。

『――REP／END』

意味不明な音の連なりに相槌《あいづち》を打ち、何度も頷きながら聞いていた空木は、エキシマの「推理」が途切れると顔を上げ、カーテンの隙間に立つ彼女を見据えた。

「エキシマはこう言ってます」

そう前置きしてから、口調をがらりと変える。

「あなたを殺人者《エネミー》だと判断した根拠は、次に挙げる三点だ。
一、破壊音の音量。
T&F商会と空木探偵事務所では『ガラスの割れるような音』は非常に大きな音だったが、東タワービルにいた東は音にすら気づかなかった。もし音の発生源がビルの隙間であれば、構造物による音波の減衰を加味しても、両者に差は生じない。破壊音の音量がスカイツリービル側に偏っているのは、音の発生源がスカイツリービル内部にあるからだと私は推測した。

二、倉庫の窓の開閉。

真砂が指摘した通り、鳥口が倉庫に入った時点で窓は開いていた。それ以前に窓を開けたのも、警察到着前に窓を閉めたのも、破壊音の発生に関与した者の仕業であることは間違いない。ただしXのような外部犯の存在が否定された以上、窓の開閉にはビルからの脱出以外の目的があったと考えられる。ここで第一の根拠より、音の発生源は倉庫内部にあると私は推測した。

倉庫の窓を開けて破壊音を発生させれば、窓が開いていた隣のオフィスと二階上の事務所には大音量で聞こえる。一方、倉庫のドアが閉じていれば、廊下側への音漏れは小さいため、熊野がいたトイレで音が小さく聞こえた事実と整合する。

三、破壊音の発生による利益。

蟻川の死体はビルに囲まれて閉鎖された空間にあった。屋上から身を乗り出して覗き込まなければ発見するのも難しいため、破壊音がなければ何年も見つからなかったはずだ。換言すれば、破壊音を流せば死体が発見される可能性は高まる。殺人者《エネミー》にとってデメリットの大きい行為であり、それを上回るメリットは少ない。

まず想定される利益は、アリバイの補強だ。

死体が早期に発見されれば、死亡推定時刻の幅は絞られ、アリバイを用意している者は潔白を証明できる。しかし、蟻川の殺害時刻に確固たるアリバイを持つ者は東しかおらず、第一・第二の根拠より、スカイツリービルに侵入できない東は容疑者から除外される。つまり、破壊音によって殺人のアリバイを補強できる者はいない。

次に想定される利益は、破壊音の発生源を誤認させ、脚立を落とした謎の人物に注目を集め、自らは破壊音のアリバイを確保することだ。これはある程度有効だが、死体が早期に発見されるデメリットと釣り合うほどの利益は得られない。

以上より、大多数の容疑者にとって破壊音の発生は不利益に繋がる。

一方、破壊音によって大きな利益を得られる者がいる。

それがあなただ。

あなたは死体の発見時、スマホをビルの隙間に落としたと証言しているが、一緒にいた鳥口はそれを目撃していない。ここから私は一つの仮説を立てた。あなたがスマホをビルの隙間に落としたのは死体の発見時ではなく、蟻川の殺害時だった、と」

実沙は衝撃を受け、続いて一抹の悔しさを覚えた。

なぜ、気づけなかったのだろう。

個人情報の宝庫であるスマートフォンを、殺人現場に置き忘れるような間の抜けた犯人はいない。だが、物理的に拾えない場所にそれを落としてしまったら？

ビール瓶、脚立、そして死体。

屋上から落とされた様々なモノに惑わされ、最も重要な証拠に気づくことができなかった。それは最初から目の前に落ちていたというのに。

「あなたは日曜日の夜、東タワービルの屋上から蟻川を突き落とした際、自分のスマホをビルの隙間に落としてしまった。自力でスマホを回収するのは不可能。しかし放置すれば、いずれ死体が発見された際に致命的な証拠となる。さらに、翌日の月曜日、日課であるスマホゲームをしなかったら鳥口に怪しまれかねない。同じ機種のスマホを急いで調達するのも時間的に難しかった。

そこで、死体の第一発見者になり、発見時にスマホを落としたと偽ることにした。

それに加えて、あなたが夜中に屋上から落とした脚立を、翌日の午前十時に落とされたかのように偽装した。脚立を落とした謎の人物を作り出すことで、あなた自身に対する嫌疑を晴らし、警察の目をスマホから逸らすためだ。

月曜日の朝、あなたは倉庫のオーディオセットに音源をセットし、一定時間が経過した後に破壊音が流れるようにしていた。十時半、休憩のため鳥口と一緒に屋上に行き、偶然を装って死体を発見する予定だった。高所恐怖症の鳥口は屋上の柵に近づかないため、彼女が死体を先に発見することはない。あなたはそう考えていた。

実際には、人が落ちた可能性に言及したのは鳥口だった。

鳥口が倉庫に入るのも想定外の事態だったはずだ。倉庫の窓が開いていたことから、その時点であなたは証拠隠滅を終えていなかったと考えられる。鳥口が双眼鏡の捜索に手間取ったのは、オーディオセットが窓辺に寄せられており、物の配置が微妙に変わっていたためだろう。

あなたは屋上で作戦通りの行動を取った後、一人で二階まで下り、事務所に戻る前に倉庫に入った。窓を閉め、オーディオセットに残った証拠を隠滅した。さらなる誤算は、東タワービルに東が来ていたことだ。彼がビルの入口を見張っていたために屋上が密室になり、疑惑の目を外部に向けさせるのに失敗した。

あなたは蟻川を殺害し、それを隠蔽した殺人者《エネミー》である。したがって、私はあなたを殺さなくてはならない」

空木はそこで言葉を切り、彼本来の穏やかな口調で問いかけた。

「答えてください、羽山さん。蟻川さんを殺したのはあなたですか？」

羽山は強張っていた頬をわずかに緩め、長い息を吐いた。

「……はい」

エキシマは作動音を立てずに武器を収めると、元の楕円体に戻った。

『REP／空木管理者／KIL／SQ／停止／UN0126721284』

彼女は罪を告白した羽山から「殺人者《エネミー》」のラベルを剥がし、「不明《アンノウン》」のラベルを貼り直した。

実沙や涸沢と同等の、殺人者予備軍として。

空木は質問を重ねる。

「どうして殺してしまったんですか?」

「それは……」

羽山が何かを言いかけると、涸沢が無遠慮に遮った。

「後は署で聞く。おまえたちの研究には関係ないことだ」


「会社のお金を盗んだのって、羽山さんの仕業だったらしいね」

と、空木は豆大福をもぐもぐと頬張りながら言った。

羽山が殺人罪で正式に逮捕されてから数日後、実沙は再び空木探偵事務所を訪ねていた。空木から話を聞いてレポートを完成させるためだ。とはいえ、一連の報道でおおよその事情はすでに理解していた。

実沙はノートにペンを走らせつつ、左手を使って緑茶を啜《すす》った。

「蟻川さんに濡れ衣を着せて会社から追い出すためだって聞きました。そこまでするほど彼にひどいことをされたんでしょうか」

「いや、彼女自身はたいした被害は受けてなかったけど、後輩の鳥口さんが傷つけられたのが許せなかったみたいだ。その後、嵌《は》められたことに気づいた蟻川さんに逆に脅されて、また会社の金を盗むように命令された。そこで、一緒に会社に忍び込むという名目で蟻川さんを東タワービルの屋上に呼び出して、隙をついて頭を殴り、突き落としたんだ」

鳥口を守ろうとした羽山の罪を、他ならぬ鳥口の証言が暴いたというのも皮肉な話だが、もし実沙の推理によって鳥口が捕まっていたら、皮肉の度合いはいや増していたことだろう。不本意ながら、エキシマには大きな借りを作ってしまった。

ふと、あの日から頭に居座り続けている疑問を思い出した。

「空木さん、質問があるんですけど」

「何？」

「事件の関係者一人一人に話を聞いてたとき、エキシマは最初のうちから真相に気づいてたはずなのに、それを頑《かたく》なに隠し通してました。でも、私が間違った推理を話したら、食ってかかるように否定した。あの行動にはどういう意味があったんですか？」

空木は指についた白い粉をティッシュで拭《ぬぐ》いながら応《こた》えた。

「エキシマが君に嫉妬《しっと》したから、って言ったら信じる？」

「信じません……いいえ、信じられないです」

そうだろうね、と空木は控えめな笑みを浮かべる。

「結局、解釈の問題なんだ。エキシマは君に先を越されたことを根に持っていた──僕はそう思ってるけど、薬師先生なんかはもっと合理的に解釈してる。

エキシマは殺人者《エネミー》の命を奪うために作られて、それを最大の目的として行動する。事件を解決したり、人助けをしたりするために動いてるわけじゃないから、僕たちの利益と真っ向からぶつかることもある。

自分の考えをなかなか話してくれないのもその一つだ。僕たちが先に真相に気づいてしまったら、面通しをする理由もなくなって、犯人を殺すチャンスが失われる。捜査が難航しているほうが彼女にとって都合がいいんだ。

ただ、難航しすぎて面通しができなくなるのも困る。そういうときは、ぎりぎり真相がバレない程度にヒントを与えて、捜査の方向性をコントロールする。エキシマが真砂さんの推理を否定したのは、あのままだと面通しが行われないまま羽山さんが帰されてしまうと判断したから——」

実沙は言葉を失った。

どちらが先に真相にたどり着けるかという点で、エキシマとは対等に勝負をしているつもりだったし、途中までは勝ったと勘違いさえしていたが、まったくの思い上がりだった。実沙は最初からエキシマの手の上で転がされていたのだ。

それでも、エキシマに対して悔しさや恐ろしさは感じなかった。

胸中にあるのは素直な感動だった。

——美しい。

絶妙な駆け引きによって人間をコントロールし、自らの目的のために利用する。そんな彼女の強《したた》かさは、人にまつろわぬ気高く美しい獣を思わせた。

そして気づいた。エキシマが今まで戦略的に隠してきた事実に。

「私たちは最初から、エキシマの手の中にいたんですね。彼女はあの音を聞いてたはずですから」

「ああ、羽山さんが流したフェイクの破壊音だね。耳のいいエキシマのことだから、あれが偽物だって最初から気づいてたはずだ。でも、僕たちには隠してた」

「いえ、それより前です」

「前？」

不思議そうな顔をする空木に、実沙は言った。

「ずっと引っかかってたんです。エキシマは屋上から死体を覗き込んだだけで、死亡時刻を正確に言い当てましたが、さすがにそんな距離から分析できるわけがない。もしかしたら、エキシマは聞いてたんじゃないですか。事件の夜、この部屋で――」

眠れる主人の傍らで、眠らない彼女は耳をそばだてて聞いていたのだろう。コンクリートの壁を挟んで繰り広げられていた惨劇の音を。

殺人者を狩るその牙《きば》を静かに研ぎながら。

Don't disturb me

死んだ人間は何度も見たことがある。

ずいぶん前に参列した親戚《しんせき》の葬式で。直近では、雑居ビルの屋上で。

しかしそれらは、目の前にあるこれとはずいぶん違っている。

実沙は上蓋《うわぶた》を開いた段ボール箱の中を覗《のぞ》き込んだ。

赤と白のまだら模様をした塊がみっしりと詰め込まれ、そのあいだから黒い毛髪が覗いている。濃厚な血の臭いに思わず顔をしかめる。

すると実験室のドアが開いて、薬師教授が入ってきた。トレードマークの銀縁眼鏡は外していて、不自然なほど真面目くさった表情を作っている。

「おはよう、真砂さん」

「おはようございます、先生。この段ボール箱の中で人が死んでます」

「どれどれ……おや本当だ。髪型からして秘書の南沢《みなみさわ》さんかな。ぐちゃぐちゃだ」

「ぐちゃぐちゃですね。バラバラに解体した後、詰め直したんだと思います。ところで先生、顔に何か赤いものがついてますよ」

「たぶんトマトソースだ。家でボロネーゼ食べてきたから」

「朝からですか」

「朝からだけど」

ぐふ、と奇妙な声を洩《も》らして薬師はしばらく黙り込む。

「先生は何時に学校に来たんですか？」

「……ついさっき来たところだ。とにかく、臭いが凄《すご》いから蓋は閉めておこう」

「はい。蓋を閉めます」

実沙はやや声を張って宣言し、ガムテープで箱を再び封印した。

そこでドアが開き、着古したジャケット姿の空木が現れた。

「どうも、お邪魔します」

彼の足元に付き従っているのは四足歩行の黒い楕円《だえん》体、エキシマ。シュルレアリスムの絵画から飛び出してきたようなその外観は、奇妙な物品が所狭しと並ぶ実験室の中でも強い違和感を放っていた。

「空木さん、この段ボール箱の中に死体があるんです。秘書の南沢さんだと思います。怪しい人を見ませんでしたか？」

「台車を押してる人を廊下で見たよ」

「そんなに怪しくない気もしますけど、どんな人でしたか？」

「薬師先生だった」

「僕じゃないけど」

「だけど、ドアの前に台車が置いてありましたよ」

「たぶんその人が置いていったんだろう」

「私が来たときには台車はありませんでした」実沙は口を挟む。「先生がこの部屋に来たのはその五分後くらいです。本当に先生じゃないんですか？」

「朝っぱらから重労働なんてしないさ」

一時停止ボタンが押されたような数秒の沈黙が下りる。実沙がこっそり目配せすると、空木ははっとしたように口を開いた。

「……ちょっと待ってください。どうして重労働だと思ったんですか？　台車の上にＰＣパーツが詰まった段ボール箱が載ってたことは、先生には話してないのに」

「僕はただ、台車を運ぶこと自体が重労働だと思っただけだ」

「空の台車を運ぶのは重労働とは呼びませんよ」

状況は膠着《こうちゃく》状態に陥っている。自分たちはいったい何をやっているのだろうか、と根本的な疑問を抱いたところで、ドアが細く開いているのに気づいた。誰かが聞き耳を立てている。

「……誰ですか？」

実沙が呼びかけるとドアが開いて、小柄な女子が顔を出した。おさげにした黒髪にだぼついたパーカという恰好《かっこう》が、彼女を実年齢より幼く見せている。

白馬《はくば》楓花《ふうか》。実沙とは幼稚園からの幼馴染《おさななじみ》で、高校からは別の学校に通っていたのだが、大学でばったりと再会を果たすことになった。

「ごめんなさい。面白そうな話をしてたので、つい盗み聞きしちゃいました」

彼女はたいして悪びれた様子もなく、笑顔で小首を傾げている。

「楓花、何か用事？」

実沙は努めて冷静に訊《き》いた。情報工学とは縁もゆかりもない楓花がここに来たからには、この自分に用事があるとしか考えられない。

楓花はわざとらしく肩を落としてみせた。

「用事がなきゃ会いに来ちゃいけないんだ。冷たいなあ」

「悪いけど、今は立て込んでるから後にして」

「死体をどこかに隠す相談？」

実沙はぎょっとして友人の顔を見返した。無邪気ではあるものの、どことなく底意地の悪さを感じさせるその笑顔を、彼女の幼馴染である実沙はよく知っている。生来好奇心旺盛《おうせい》な楓花は面白いことに首を突っ込むのを好むが、何より人を困らせることが大好物なのである。

救いを求めて薬師に視線を送ると、彼は苦り切った顔で頷いた。具体的な指示は読み取れないが、とにかく何とかしろという意味だろう。

実沙はあからさまに溜息《ためいき》をついてみせ、部屋の隅を指差した。

「楓花、事情は後で説明するから、あっちのほうで静かにしてて。お願い」

「はいはい」

楓花は意外にもあっさりと引き下がると、空木の足元に佇《たたず》んでいるエキシマに目を留めた。

「可愛い！　何これ！」

犬や猫を撫《な》でるように伸ばされた手を、エキシマは優れた機動力を活《い》かして回避する。楓花が何度試みても、指一本も触れさせまいとするように動き回る。

「ちょっと、逃げないでよ」

ともかくこれで邪魔者は片付いた。目下進行中のシリアスな本題に戻ることにする。

実沙は薬師に指を突きつけた。

「先生、いい加減認めてください。先生はこの実験室で南沢さんを殺し、解体したんでしょう。そして段ボール箱に詰めて、今日の廃品回収に紛れて運び出そうとした。台車にカモフラージュ用のPCパーツを積んで実験室に運んできたところ、先に来ていた私に死体を見つけられてしまって進退窮まった。そういうことですよね」

「さあ、何の話かわからないな」

「先生の顔についてるのって血じゃないですか？」と空木が掩護射撃をする。

「トマトソースだよ。今朝ナポリタン食べてきたから」

「朝からですか」

「朝からだけど」

「ふざけないでください。さっきはボロネーゼって言いましたよね。あと、どうして眼鏡を外してるんですか。返り血で汚れたんじゃないですか？」

まだか、まだなのか。

不毛な押し問答を繰り広げながら、実沙はどれほど待っても「そのとき」が訪れないことに苛《いら》立《だ》ち、同時に訝《いぶか》しんでいた。なぜ動かないのだろう。これほど露骨に示されているのに――

「わっ」

と、感嘆めいた声が聞こえて振り向くと、段ボール箱の前に楓花が立っていた。いつの間にか移動していたらしい。とっさに制止しようとして、もう意味がないことに気づいた。彼女はすでに上蓋を開けて箱の中を覗き込んでいたから。

「うわぁ、美味《おい》しそうな死体……」

楓花は恍惚《こうこつ》とした顔で猟奇的な台詞《せりふ》を放った。

こうして薬師教授主導の「実験」は、楓花の手で強制的にピリオドを打たれることになった。

薬師は怒るでもなく残念がるでもなく、ただ軽く肩をすくめた。

「まあ、仕方ないさ。これ以上やっても無駄だったと思うし」

「この死体、どうするんですか？」

下心が見え見えの楓花の問いに、薬師は白い歯を見せて応じる。

「今夜のバーベキューに使おうか」

研究費で買ったという三十キロの牛肉ブロックの存在感は半端ではなく、それが動物の肉体の一部であったことを生々しく想起させる。今は肉塊と化した彼または彼女の数奇な運命を思う。まさか、人間の死体のダミーとして段ボール箱に詰められ、服とカツラを着せられ、さらに同族の血を振りかけられるなど、広く世界を探しても類を見ない牛の末路と言えよう。

とはいえ、包丁で分厚く切り分け、鉄網の上でほどよく火を通せば、それは一切の履歴を失い、美味しそうなステーキとなって最後の旅路に就くことになる。

「うめえ、マジでうめえ」

誰かの歓声が夕焼け空の下に響き渡る。

大学構内にある芝生の広場はライトアップされており、光に誘われて集まってきた虫たちのように、数十人の学生たちがバーベキューコンロを取り巻いている。当初は研究室メンバーだけのささやかな宴会だったはずが、友人が友人を呼ぶというサイクルが加速し、あっという間に人数が膨れ上がった。

見たことのない分厚さのステーキ一枚で限界に達した実沙は、楓花と連れ立って人の輪から離れ、木陰のベンチに並んで腰かけていた。

「――そっかあ、面白いなあ」

実沙がエキシマについての説明を終えると、楓花は缶チューハイを手元でぶらぶらさせながら言った。口止め料代わりに薬師が奢《おご》ったものだ。

「あたしはＡＩのことなんて全然わかんないけどさ、そのエキシマってロボットは本当に凄いと思うよ。っていうより、作った人が凄いんだけど」

「確かにね。どう考えてもあり得ないレベルの技術だから」

「技術のことは置いといて、あたしはその発想が凄いと思う。なんて言えばいいかな、強制的に秩序を作り出す装置っていうか、物理的な法律っていうか」

「どういう意味？」

「この国にはちゃんとした法律があって、それを行使する装置としての警察があるから、人を殺したら相応の罰を受けるじゃない。でも、世界には法律がなかったり、あったとしても実行力が欠けてたりして、めちゃくちゃな状態になってるところもある。盗みだろうと人殺しだろうとやりたい放題。で、そういうところにエキシマを放り込んでやるわけ。誰にも倒せないし、賄賂《わいろ》で懐柔もできない、無敵の保安官みたいな奴がそのあたりをうろついてたら、少なくとも殺人だけは誰にもできなくなる」

無秩序な社会に、強制的に秩序をもたらす装置。

エキシマの本来の用途として説得力のある説明だった。彼女の本業は治安維持であって、殺人者を特定する能力はそのオプションでしかない。それを無理やり警察の捜査に活かしている現状が歪《いびつ》なのだ。

「その発想はなかった。さすが法学部」

大学受験で一年浪人している楓花は現在三年生。成績は下の中だが、他人に取り入るのが上手《うま》い彼女は、人脈をフルに活用して落第を免れているという。

得意げな顔をした楓花は、ふと思い出したように訊いた。

「で、あの寸劇は何だったの？」

「あれは薬師先生が発案した、エキシマがどこまで人の言葉を真に受けるのかを調べるための実験。エキシマは以前、死体を実際に確認していない状況で犯人を見つけたことがあったらしい。これは凄いことだけど、恐ろしいことでもある。もしエキシマの推理が勘違いだったら、ありもしない死体のせいで無実の人間が殺されかねない。そこで先生は、エキシマが人の言葉を鵜呑《うの》みにするんじゃなくて、別の情報から言葉の真偽を確かめる手段を持ってると考えて、実験的にそれを特定しようとした」

「なるほど。勘違いしそうな状況を意図的に作ったわけね」

「エキシマは匂いセンサーを持ってるから、段ボール箱の中から血と肉の臭いがしてるのはわかったはず。その上で薬師先生が犯人だという芝居を打ったんだけど、結局エキシマは引っかかってくれなかった」

「芝居のクオリティの問題じゃない？」

「そうかな。割と上手く行ってたと思うけど」

会話の途中で薬師が噴き出しそうになったり、空木がシナリオを度忘れしたりといった些細《ささい》なトラブルはあったが、それくらいは大目に見てほしい。エキシマが空木に張りついているのでリハーサルができず、ほとんどぶっつけ本番だったのだから。

「ま、実沙の演技は良かったよ。普段から棒読みみたいな喋《しゃべ》り方だから、演技とのギャップがない」

楓花の軽口にいちいち取り合ってはいられない。実沙は話を戻した。

「とにかくこれで、エキシマが何らかの方法で言葉の真偽を判断してるってことがわかった。話し手の表情とか、声のトーンとかを分析してるのかもしれない」

「嘘発見器みたいな？」

「そう。でも、まだ納得がいかないことがある——エキシマはどうやって『犯人のつく嘘』と『演技による嘘』を区別してるのか」

今日の芝居で、犯人役の薬師はもちろん演技という嘘をついているが、もし彼が本当に殺人者だとしても嘘をついていたはずだ。その二つの違いを正確に見抜く術《すべ》など本当にあるのだろうか。

「殺意、じゃないかな」

そんな声がして顔を上げると、空木が目の前に立っていた。

今日もエキシマ入りのリュックサックを背負っている。彼の持つ紙皿の上には、縁からはみ出さんばかりのステーキが三枚積み重なっていた。

「エキシマは人の殺意を読むことができる、と僕は思ってる。誰かを殺した人間の心の中には、相手を殺しても消えないままの殺意がくすぶり続けていて、エキシマはそれを頼りに犯人を捜すんだ」

やけに文学チックな捉《とら》え方だ。背中がむずむずしてくる。

「要するに、被害者に対する恨みとか、殺したことへの罪悪感とかを、犯人の言動から読み取ってるってことでしょう」

「実沙、そういう無粋なところ変わんないよね」

楓花はそんな茶々を入れて、大きく伸びをしながら空木の顔を見上げた。

「空木さんの考え方はいいと思うけどな。人の心を数字で表すなんて無理だし。エキシマが人間の思念みたいなものを感じ取ってるっていうほうが納得できる。そういうことでしょ?」

おそらく年上かつ初対面の空木にもうタメ口を使っている。実沙には到底できない芸当で、楓花のそういうところには一目置いていた。他人との距離を詰めるのが上手いというより、単に無礼な人間なのではという気もするが。

空木は楓花に同意されて嬉《うれ》しそうに頷《うなず》いた。

「うん。ロボットにも第六感みたいな、超自然的な知覚があってもおかしくない。猫に幽霊が見えるとか、天災の前に動物が逃げ出すとかって話はよく聞くし、人間以外に不思議なものが見えるっていうのは、ロボットにも当てはまるのかもしれないね」

突っ込むまいと自制心を働かせつつ、実沙は咳払《せきばら》いをして言った。

「とにかく、人間の『殺意みたいなもの』をエキシマが読み取れるっていうのが本当だとしても、そこから得られる情報には限界があるはずです。一目で犯人が見抜けるんだったら、わざわざ筋道をたどって推理してるのはおかしいですから」

「推理する必要がないとしたら、どうかな」

と、空木は意表を突くことを言った。

「エキシマは最初から犯人を知ってるけど、人間を納得させられるような理屈をこじつけないと犯人を殺せない——彼女の中にそういう安全装置があるのかもしれない。そのせいで手掛かりが揃うまでは動き出せないんだ」

「そんな——」

馬鹿な、と言いかけて思い留《とど》まる。エキシマは単にＡＩと呼ぶのは憚《はばか》られる存在だ。人間とはまったく異質な知性体が、何を見て何を感じているのかなど、そう易々と理解できるわけがない。とはいえ、心情的には受け入れがたい話だ。

「空木さんは、エキシマを神様とでも思ってるんですか」

そう訊くと、空木はバーベキューコンロの方角に目を向けた。食べ、騒ぎ、歌う、楽しげな学生たちを見つめる彼の目には、しかし何も映っていないかのようだった。

「——神様だったら、人を殺しても仕方ないって思えるのかな」

その呟《つぶや》きが、記憶の底に封じ込めていた忌まわしいものを呼び起こした。

ふっくらとした丸顔の幼い少年。濡《ぬ》れた枯葉が貼りついた水色のＴシャツ。

仕方なかった。どうすることもできなかった。私はまだ子供だったから——

「ちょっとお代わりしてくる」

空木の声で我に返ると、彼はすでに人の輪のほうへ歩き出していた。彼の紙皿には何も載っていない。いつの間にステーキ三枚を平らげたのだろう。

「痩《や》せの大食い」

楓花は去りゆく後ろ姿に向かって呟き、一人でくすくすと笑った。いつもと変わらぬ彼女の振る舞いに安堵《あんど》を覚える。

そういやさ、と楓花は唐突に訊いてきた。

「空木さんとはどういう感じ？」

「どういう感じって……」

楓花はじっと実沙の顔を覗き込み、それから急に面白くなさそうな表情をした。

「何だ、やっぱり何でもないんだ。つまんないの」

「つまらなくて結構」

「あの人、割と優良物件だと思うけどな。狙い目だよ。金持ちだし」

「金持ち？」

あのさあ、と呆《あき》れたように楓花は言う。

「街中にビル一棟持ってて、ろくに働かずに暮らしてる人間が貧乏なわけないじゃない。いわゆる有閑階級ってやつ。唾《つば》つけといて損はしないよ。どうせ実沙、彼氏いないでしょ」

どうせは余計だが、事実なので言い返せない。

「人にやらせるくらいなら自分がやれば。私は別に止めないけど」

「あたしはもう、そういうステージからは降りてるんだ」

ステージから降りたとはどういう意味だろう。温《ぬる》くなった缶ビールを啜《すす》りながらぼんやりと考える。もう恋愛はしないという宣言か、はたまた――

「ねえ、実沙。覚えてる？」

「何」

「春翔《はると》が溺《おぼ》れたときのこと」

完全に不意打ちだった。

思わず取り落としそうになった缶ビールを、動揺を悟られないように強く握る。ベンチに触れている背中が嫌に冷たい。

楓花の態度は先程とほとんど変わらない。しかし、アルコールのせいで緩み切った彼女の顔に、昏《くら》い微笑がよぎるのを見逃さなかった。実沙はその表情を知っている。

それは彼女が、誰かを弄《もてあそ》ぶときの顔。

「……忘れるわけない」

楓花は気づいているのか。知っていて、揺さぶりをかけているのか。

秋の夕闇がコートの隙間からじわじわと染み込んでくる。

この世には決して取り返しのつかないことがある。自分が犯した罪の重みを教えてくれたのは、氷のように冷たくなった春翔の小さな身体だった。

「そりゃそうだよね。あたしも、りっくんも、みんなあの日のことを覚えてる」

楓花はベンチの上で距離を詰めると、実沙の耳元に口を寄せて囁《ささや》いた。

「だからさ、みんなで情報を出し合って、エキシマちゃんに考えてもらおうよ」

「何を……」

そんなの決まってる、と楓花は小さく笑う。

「――誰があたしの弟を殺したのか、だよ」

＊

春翔は、楓花の弟だった。

当時の彼は小学一年生で、楓花は一つ上の二年生。年齢はそれほど変わらないが、小学生の一学年の差は案外大きく、とりわけ他の子より成長が早かった楓花と並ぶと弟は余計に幼く見えた。

容姿も性格も、姉弟はあまり似ていなかった。

細面でくっきりとした二重瞼《まぶた》の姉に対し、弟は福々とした丸顔で一重瞼。活発な姉に比べると弟は内気で大人しく、人見知りの傾向が強かった。実沙が小学校に上がり、楓花の家に遊びに行くようになったとき、見知らぬ少年がさっと視界の端をよぎるのを何度も目撃して、しばらく幽霊や妖精《ようせい》のたぐいだと信じていた。楓花はそのときまで自分に弟がいることを話していなかった。

姉弟と一緒に遊ぶことは稀《まれ》にあったものの、春翔と二人で話す機会はそれほどなく、彼については知らないことのほうが多かった。

春翔を思い出すとき、まず頭に浮かぶのはその真面目さだ。自由奔放な姉と違って、親や教師の言いつけを固く守る。感情を表に出さず、何があってもじっと耐えている。彼が大声で泣いたり怒ったりするのを実沙はあまり見たことがない。いつも静かに児童書や図鑑を読みふけっている子供だった。

自室のベッドに寝転がり、読書にいそしんでいる春翔に話しかけたことがある。

「何読んでるの？」

「……漢字の本」

春翔はぼそりと答えて、本のページをぱらぱらとめくってみせた。漢字の意味や成り立ちがイラストで図解されている。見覚えのない漢字ばかりであることに驚いた。

「春翔くん、これ全部わかるの？」

「半分くらいは。一年生になってから何回も読んでるもん」

年下に知識で負けていることに敗北感を覚えながら、実沙は訊いた。

「この本、入学のお祝いなの？」

「ううん、誕生日の」

十二月生まれの楓花は、クリスマスと誕生日のプレゼントが一本化されることに文句を言っていたが、四月生まれの春翔も同じような境遇なのかもしれない。

それにしても、漢字の本を欲しがるなんて変わっている。実沙がそう言うと、

「難しい漢字ばかりで、勉強しないと読めなかったから……この本」

と、春翔が出してきた本には、表紙にぐにゃぐにゃした蛸《たこ》のような怪物が描かれていた。ページをめくってみると、『神話』『禁忌』『旧支配者』『死霊秘法』と知らない漢字のオンパレードで、頭がくらくらした。

「……これ、面白いの？」

「わかんない」

勉強の成果を上手く活かせているかどうかはともかく、春翔の学びに対するスタンスは衝撃的だった。勉強は学校以外でもしていいし、自分で好きなように学んでいい。彼の考え方は確実に、今の実沙の根幹を成している。

そんな勉強熱心な弟に対し、楓花は幾度となく子供じみた悪戯《いたずら》を仕掛けた。

ある夏の日、楓花は虫かごを持って春翔の部屋に入り、捕まえていた蟬を放つという暴挙に出た。けたたましい音を立てて飛び回る昆虫に春翔は怯《おび》え、頭からすっぽりと毛布を被《かぶ》って縮こま

っていたが、泣き言一つ洩らさなかった。

「怖いの？　ねえ、怖いのぉ？」

楓花は楽しげに笑いながら毛布をひっぺがそうとする。短い格闘の末、現れた春翔の顔は涙でぐしょぐしょに濡れていた。楓花は急に真顔になって訊いた。

「蟬、嫌い？」

「……嫌い」

彼の潤んだ目は哀しみに満ちていながらも、真っ直ぐに姉を見上げていた。

「ふーん、そう」

楓花は冷たくあしらうように応じると、壁に張りついた蟬には目もくれず部屋を出ていった。実沙は小走りにその後を追い、彼女の背中に訊いた。

「何で春翔くんにあんなことするの？」

「……知らなかった」

「え？」

「あたし、あいつが虫が嫌いって、知らなかったの」

なぜ楓花が妙に腹立たしげなのか、当時の実沙には見当もつかなかったし、それ以上彼女の行為を咎《とが》めることもなかった。所詮《しょせん》は別の家族の話だからと幼いなりに一線を引いていたのかもしれない。

春翔には常念理一郎《じょうねんりいちろう》という同じクラスの友達がいた。好奇心が強くよく喋る少年で、夏休み以降、部屋で春翔と一緒に遊んでいるのを時折見かけるようになった。

ある休日、楓花の家に遊びに行ったら、春翔の泣き声と母親の叱る声が聞こえた。楓花がまた何か悪戯を仕掛けたのだと悟り、インターホンを鳴らすのを躊躇《ためら》っていたところで、同じく遊びに来た理一郎と出くわした。

窓から聞こえる声に二人で聞き耳を立てていると、彼は質問してきた。

「なあ、何で楓花は春翔をいじめるんだ？」

「わからない。きょうだいとかいないから」

「俺もいないからわからないんだ。だけど、楓花が悪いやつってことはわかる」

「楓花は優しいところもあるよ」

「優しいところもあるってことは、悪いところもあるってことだろ」

「じゃあ、楓花は優しい子。これなら？」

うーん、と理一郎は眉《まゆ》を寄せて考え込むと、

「楓花は弟をいじめる。弟をいじめるやつは優しい子じゃない。だから、楓花は優しい子じゃない。悪いやつだ。そうだろ？」

「そうかも……」

揺くも芯《しん》のある三段論法に気圧《けお》されて、実沙は思わず頷いていた。

未知の事柄にアプローチする手段として、新たな知識の獲得を選ぶか、それとも手持ちの知識からの演繹《えんえき》を選ぶか。春翔と理一郎のスタンスは対照的だが、それだけに通じ合うものがあったのかもしれない。

とはいえ、彼らはまだ幼かった。子供には知り得ないもの、知ることが許されていないものは絶望的に多い。知識と思考能力を獲得したところで子供は真実に到達できない。それを叶《かな》えてくれるのは唯一、時間だけだ。

春休みに入った三月の終わり、高原にホテルを開業するという楓花の父親の友人が、オープン

前の予行演習として一家を招待した。楓花は実沙と一緒に行くと強く主張し、友達と一緒のほうが楽しいだろうと彼女の親も同意した。同じく春翔も理一郎と行きたいと言ったので、実沙と理一郎も母親同伴で参加することになった。

当然、そんな細かい事情を小学二年生の実沙が理解できるわけもなく、どうやら楓花たちとお出かけするらしい、と曖昧《あいまい》に認識していた。

朝にそれぞれの家族の車で出発し、途中サービスエリアで昼食を取った。高速道路を降りてからはつづら折りの山道を延々と走り、到着したのは二時過ぎだった。

車の窓から最初に見えたのは、森の中にぽっかりと開けた湖。そのほとりに平べったいダークブラウンの建物が佇んでいた。背後の木々に溶け込むような落ち着いた色彩は、あいにくの曇り空の下ではどこか陰鬱《いんうつ》な印象を与える。

「あれがホテルよ」と運転席の母親は言った。

「ほてる?」

「今日お泊まりするところ」

そう説明されてもよくわからなかった。物心ついてから祖父母の家に泊まった経験しかない実沙にとって、ホテルという概念はまったく未知のものだったから。

駐車場で車から降りると、湿っぽい匂いのする冷たい風が吹きつけた。朝は暖かかったのに、急に季節が戻ったみたいだと思う。

そこで合流した楓花に、ホテルなるものに泊まったことがあるかと訊くと、

「うん。お母さんと遊園地に行ったとき。実沙はないの?」

「ない」

「ふーん、春翔と同じなんだ」

そこで横から会話に入ってきたのは理一郎だった。

「俺もない。なあ、ホテルって何だ？　何のためにあるんだよ」

「教えてあげなーい」

楓花は小馬鹿にするように笑ったが、理一郎は意にも介さず質問を重ねた。

「春翔はどうしたんだ？　寝てるのか？」

彼が指差したほうを見ると、ぐったりとして父親に背負われた春翔の姿があった。楓花は素っ気なく答える。

「酔ったんだって」

三半規管がそこそこ強い実沙は、車酔いという概念もまた知らなかった。大人たちがお酒を飲んだときにそういうことを言ってたような、とぼんやり考える。

ホテルのロビーで親たちが手続きを済ませるのを待ち、それから建物の奥に進むと、ずらりとドアが横並びになった長い廊下に出た。

実沙と母親は「一〇四」と書かれたプレートのあるドアの前で足を止める。

母親がカードのようなものをドアノブの上にある隙間に差し込むと、ピッ、という音に続いて錠前が開くような金属音がした。実沙はカードキーや電子錠を見るのも初めてだったが、どうやらこれが鍵《かぎ》のようなものらしいと柔軟に受け入れた。

部屋に入ると、奥のほうに白いシーツのかかったベッドがちらりと見えたので、実沙は靴を脱いだ。足の裏にふかふかとした絨毯《じゅうたん》が触れる。

すると、母親は笑いながら言った。

「靴は脱がなくていいの」

これまでの常識と異なる状況に混乱した。ベッドのあるような部屋に土足で上がり込んだら、家なら絶対に怒られるし、第一床が汚れてしまうのではないか。

違和感と不安を覚えながら靴を履き直した。

部屋の入口から真っ直ぐに短い廊下が延びている。右手にクローゼットと横開きのドアがあって、ドアの先はトイレと浴室だと後で知った。

廊下を抜けるとメインの部屋に出た。

二つ並んだベッド、小さなテーブルと椅子のセット、ソファ、テレビ、鏡台。奥の壁にある掃き出し窓からはレースのカーテンの向こうが透けて見えた。水上に張り出した木目調のテラスと二脚のデッキチェア。静かな湖面とそれを取り囲む山並み。

ボストンバッグを床に置いて、母親は感嘆の声を洩らした。

「凄い部屋ねえ。タダで泊まるのが申し訳ないくらい。実沙、いい友達持ったわね」

「楓花のこと？　楓花はいい子だよ。春翔をいじめたりするけど」

「そう……」

母親の表情に微《かす》かな陰影がよぎるのを見たが、その理由はわからなかった。

ホテルに着いた後はみんなで湖畔を散策することになっていた。母親と一緒に部屋を出ると、二つ隣の部屋、一〇二号室の前で膝《ひざ》を抱えて座っている楓花が見えた。

「楓花」

実沙は声を詰まらせた。楓花が泣いていたからだ。思わず駆け寄った。

「どうしたの？　何があったの？」

「ママが……」

楓花が何かを言いかけたとき、背後のドアが開いて彼女の母親が顔を出した。そこで、足元にうずくまっている楓花に気づいて目を見開く。

「楓花？　どうかしたの？」

「だって……ママが、鍵を……」

　楓花はしゃくり上げながら訴える。楓花の母は何かに気づいたように表情をこわばらせると、すぐにしゃがみ込んで娘の頭を優しく撫でた。

「ごめんね、気づかなかったの。このドア、勝手に鍵がかかっちゃうから」

　楓花はホテルに泊まったことはあるようだが、オートロックは初体験だったらしい。

　安堵したせいか楓花がまた泣き始めたので、とりあえず落ち着くまで部屋に入らせてもらうことになった。

　間取りはほとんど実沙たちの部屋と同じだったが、入口から入ってすぐの短い廊下の左手側にもう一枚ドアがあった。

　開けてみると、こちら側とは左右対称に造られた部屋があった。レースのカーテンではなく、分厚いほうのカーテンが引かれていて室内は暗い。ベッドの掛布団が小さく膨らんでいて、ベッドの足元には子供用の白いスニーカーが置かれている。春翔が寝ているようだ。

　部屋の中を覗き込んでいると、楓花の父親がそっとドアを閉めた。

「車の中で気持ち悪くなって、そのまま寝ちゃったんだよ。着いても全然起きない。まあ疲れてるみたいだし、しばらく寝かせてあげよう」

　実沙は寝込んでいる春翔よりも、部屋の構造に興味を持った。

　どうやらこのドアを開けることで、一〇二号室と隣の一〇一号室、二つの部屋を行き来できるようになっているらしい。どうしてそんな仕組みが必要なのだろう。これは理一郎も興味を持ちそうな話だ、と考えていたらチャイムが鳴って、理一郎とその母親が入ってきた。

　一堂に会した大人たちは今後の予定について話し合った。どうやら雨が降り始めたみたいです、残念ですが散策は明日に回しましょう、それなら奥のレストランでお茶でもどうですか、ここのオーナーは喫茶にも力を入れてて、云々《うんぬん》。

そのあいだ、実沙はこの部屋の謎めいた連結構造について理一郎に話した。すると彼は難しい顔つきで言った。

「ホテルって、いろんな人が泊まるところみたいなんだ。部屋には鍵がかかってて、そこに泊まる人しか入れないようになってる。でも、こんなところにドアがあったら、泥棒に入られちゃうかもしれない」

「鍵をかけたらいいんじゃない？」

実沙は二つの部屋を繋ぐドアを指差した。入口やトイレのドアと同じ、L字の棒を押し下げて開けるタイプのドアノブの上には鍵穴がある。

「鍵って、何の鍵だよ」

「部屋の鍵」

「あれはカードみたいなやつだろ。こっちとは違う」

二人で顔を見合わせて考え込んでいると、背後から楓花の声がした。

「これを使うの」

と、楓花が鍵穴に挿し込んだのは金属の鍵だった。部屋のカードキーとは違う、家の鍵と同じタイプのものだ。楓花がそれを回すと微かな音が鳴った。

「二つの部屋をどっちも使うときは、ホテルの人がこの鍵をくれるんだって。あたしとママはこっちの部屋、春翔とお父さんはあっちの部屋に泊まるの」

「おまえ、何で目が赤いんだ？」

「うるさい」

理一郎はそれ以上追及せず、部屋の入口のほうを指差した。

「それよりさ、俺、あっちのほうが気になるんだ」

三人はぞろぞろとそちらへ向かい、横並びになってドアを観察する。

ドアの形状やサムターン錠——という言葉はまだ知らないが——は見慣れたタイプだったものの、ドアと壁の境目近くにぶら下がっている細い鎖、ドアチェーンの正体は見当もつかなかった。実沙の自宅に使われているのは、棒を起こしてロックする形式の、いわゆるドアガードだったからだ。

「これのこと？」

楓花は鎖を触りながら小首を傾げたが、理一郎が指差したのは別のものだった。

長方形をした白いプラスチックの板。

板の上端のほうに丸い穴が開いていて、その穴にドアノブが通されている。表面には日本語と英語の文が書いてあったが、英語のほうはもちろん、日本語のほうも知らない漢字が多くて読めなかった。

「ちゅう……こさないで」実沙は読める部分だけを読んだ。

「きょうねちゅう、ちょうこさないで」理一郎は全文をフィーリングで読んだ。「どういう意味なんだろ。楓花は知ってるか？」

「知ってるけど、教えてあげない」

「楓花」と楓花の母の声が割り込んできた。「ママたちはしばらくレストランに行ってるから、お留守番しててくれる？　春翔のことお願いね」

「うん、わかった」

そんなわけで、大人たちは小学生三人にそれぞれの部屋のカードキーを託し、建物の奥にあるというレストランへと向かった。

しかし、理一郎の疑問は尽きることがない。

「このドア、閉めると勝手に鍵がかかるよな。なのに、なんで鍵のつまみがあるんだ？　これを回してても回してなくても、どっちも同じなんだろ」

理一郎はドアのサムターン錠をがちゃがちゃと回した。隔壁のドアに比べると音が大きくて派手だ。

「でも、つまみで鍵をかけたら、部屋の中からは開けられなくなるよ」

「つまみを回せば開くだろ」

当然の反論である。考え込んだ実沙の頭に浮かんだのは、つい先程、部屋から締め出されて泣いていた楓花の姿だった。

「うっかり外に出て、そのまま戻れなくならないように、ってことかも。小さい子とかが……」

楓花が怖い目をしてこちらを睨んだので、それ以上詳しくは語らなかったが、理一郎はこの説明に深く納得した様子だった。

「そっか、だったらつまみも役に立つな。……そうだ」

理一郎は隔壁のドアに歩み寄ると、挿しっぱなしになっていた鍵を回し、一〇一号室に足を踏み入れた。実沙と楓花も何となくその後を追う。

入口のドアは一〇二号室のものと同じだったが、例のドアノブからぶら下げる謎の板が床に落ちていた。ドアを開け閉めする拍子に落ちたのだろう。

理一郎はサムターン錠を回し、得意げに言った。

「春翔が起きたら、間違って外に出ちゃうかもしれないだろ。だけど、こうすれば大丈夫だ」

「でも、春翔くんはつまみを回すんじゃない？」

実沙が指摘すると、理一郎はうっと詰まったような顔をした。

オートロックのことを直接伝えたほうが手っ取り早いということで、三人は春翔のベッドへ向かったが、彼はまだ眠っていた。さすがに長すぎるような気がする。

「おーい、いつまで寝てんだよ」

理一郎の呼びかけにも応《こた》えず、春翔は寝言めいた声を洩らすだけだった。いつもより彼の顔に赤みが差しているのに気づいて、実沙は汗の滲《にじ》んだその額に触れる。

「ちょっと熱っぽい。風邪引いたのかも」

「今日熱出すなんて、運悪すぎるな」

理一郎は嘆くように言って、春翔の顔をまじまじと見る。

「春翔、暑そうだな。布団どけるか？　窓開ける？」

「熱出てるときは、身体を温めなきゃだめだよ。そうしないと治らないって。それより楓花、どうする？　楓花のパパとママに言いに行く？」

「放っといていいでしょ。どうせ寝てるしかないんだから」

親を呼びに行ったところで意味がないのは事実だったが、楓花のロジカルな判断にぞっとするような冷たさを感じて、普段なら言わない台詞が口をついて出た。

「かわいそうだって思わないの？　熱出して寝込んじゃってるんだよ。楓花の弟が……」

楓花は振り向いた。その表情に滲んでいたのは、驚きと失望、そして暗く燃えるような憤《ふん》怒《ぬ》。今まで彼女が見せたことのない恐ろしい形相に実沙は震え上がった。

「何も――」

楓花は何かを言いかけて途中で止めると、「行こ」と小声で言う。

有無を言わせない迫力に実沙は頷き、彼女から逃げるように引き返した。すでに隔壁のドアの近くにいた理一郎の脇をすり抜けて一〇二号室に入った。

理一郎の後、少し間を空けて隣の部屋から出てきた楓花は、ドアの鍵を引き抜き、壁際のテーブルの上に放り出した。

鍵を開けたのか、それともかけたのか、楓花に訊く勇気はなかった。

「暗いね。実沙、電気つけよ」

「……うん」

雨は本格的に降り出していて、部屋は薄暗くなっていた。実沙がそれらしきスイッチを探して押すと、部屋のあちこちにある間接照明が柔らかなオレンジ色の光を放ち、その幻想的な光景に思わず見とれた。

「きれい……」

「まあね、ホテルってこんな感じだよ」

楓花はあくまで「知っている側」の物言いをした。

それから三人はベッドの上で車座になり、トランプゲームを始めた。

実沙は楓花に対して萎縮《いしゅく》していたし、楓花と理一郎は仲が悪いしで、最初のうちはなかなか盛り上がらなかったが、理一郎が小遣いを賭《か》け合うことを提案してからは空気が変わった。百円のチップでも小学生には大金だ。ただのババ抜きや七並べが手に汗握るスリリングな勝負に化けた。

戦いは次第に白熱して、激戦の末、理一郎は破産した。彼は自らが提案したゲームで手持ちの資産約八百円を失ったことに茫然《ぼうぜん》自失していた。

一方、千円近く獲得した楓花は実に上機嫌だった。収支マイナスとなった実沙も、楓花がいつもの彼女に戻ってくれて安堵した。

「なあ、もう一回やってよ。次は勝つからさぁ」

「だめ、もうお金ないんでしょ」

理一郎と楓花の言い合いを笑いながら眺めていたら、視界の端で何かが動いた。一〇一号室との隔壁のドア。そのドアノブのレバーが、ほんの少しだけ下がっていた。座っている位置からして他の二人は気づいていないだろう。

そう伝えるのを躊躇ったのは、つい先程目にした楓花の豹変《ひょうへん》が恐ろしかったからだ。春翔の名前を出した途端、楓花は再びあのときの彼女に戻り、この楽しい雰囲気も決定的に壊されてしまう。そんな予感が口を重くした。

春翔が起きた――

やがてドアノブは音もなく元に戻り、実沙はほっと胸を撫で下ろした。

「じゃ、取ってくるから」

と、理一郎はチップの代わりになるものを一〇三号室の自分の部屋に取りに戻った。ドアに気を取られて話をよく聞いていなかったので、楓花に訊いた。

「何を取ってくるの？」

「カードだって」男子たちのあいだで流行《はや》っているトレーディングカードゲームのものらしい。

「いる？」

「いらないけど……」

そのとき、何かが水に落ちる音がした――ような気がしたが、湖面に打ちつける雨の音に紛れてよく聞こえなかった。二人はしばし黙って耳を澄まし、すぐに他愛のないお喋りを再開した。

それから十分以上経っても理一郎は戻ってこなかった。さすがに不審に思って廊下に出ると、春翔がいる部屋の前に彼が立っていた。

理一郎はこちらを見るなり驚きの声を上げる。

「え、そっちだっけ」

どうやら部屋を間違えていたらしい。小馬鹿にしたように楓花は笑う。

「そっちは一〇一、こっちは一〇二。それくらい覚えられないの？」

それには取り合わず、理一郎は深刻そうな顔で言った。

「おまえたちが意地悪してるんだと思って、何回もチャイム鳴らしてたんだ。うるさくて眠れないくらい。なのに春翔、全然出てこなかった。おかしくないか？」

そんなわけで、三人は春翔のいる一〇一号室の様子を見に行くことにした。

一〇二号室側から隔壁のドアを開けたのは楓花だった。ドアノブを押し下げるだけで開いたので、鍵はかかっていなかったようだ。

楓花が勢いよく開けたドアがくるりと半周して、壁際で軽い音を立てる。

彼女の後ろから足を踏み入れた実沙は、すぐに何かがおかしいことに気づいたが、その正体にまでは思い至らなかった。

ベッドのほうへ歩み寄っていた楓花は、途中でぴたりと足を止める。

布団が撥《は》ねのけられたベッドには誰もいなかった。

「……春翔？」

楓花が少しだけ不安を帯びた声で呟いたとき、理一郎の叫びが聞こえた。

「窓が開いてる！」

振り向くと、掃き出し窓とカーテンが開いているのが見えて、ようやく違和感の正体を悟った。

一〇二号室より雨音が大きかったのだ。

絨毯の窓に近い部分は黒っぽく変色している。吹き込んだ雨で濡れたのだろう。部屋の中を見回しても、それ以外に濡れた箇所は見当たらなかった。

春翔は窓からテラスに出ていったのだろうか。もしテラスから室内に戻ったのだとしたら、絨毯の上に濡れた足跡が残っていないのはおかしい。つまり、春翔は一度もテラスに出ていないか、もしくは——

窓の外に目を向けたが、テラスには誰もいなかった。

未熟な論理の火は吹き消されて、理屈のない不安が胸の中に広がる。

「……見てみよう」

実沙がテラスに足を踏み出すと、楓花もついてきた。

テラスでは二脚のデッキチェアが雨に濡れていた。一脚はテラスの中央に、もう一脚は右側の柵《さく》に寄せてある。中央のデッキチェアの下に何かが見えた。

胸騒ぎを覚えて、しゃがみ込んで下を覗く。

デッキチェアの布地が雨避《よ》けになり、その真下は乾いていた。そこに子供用の白いスニーカーが置かれている。きちんと両足が揃った几帳面《きちようめん》な置き方だ。メッシュの生地は濡れていて冷たく、持ち上げてみるとたっぷり水を含んでいるのか重かった。

「これ、春翔くんの……」

実沙がおそるおそる振り向くと、楓花は柵側のデッキチェアに足を乗せていた。

テラスの三面を囲む柵は二人の顔の高さほどあり、目張りに遮られて向こう側が見通せない。楓花がデッキチェアの上に乗ると、実沙もその隣に立って、両手で柵をつかみながらその下を覗き込んだ。

テラス部分が湖の上に張り出す構造になっているらしく、それを実沙の身長よりも高いコンクリートの柱が支えていた。等間隔で並ぶ柱の隙間に、それが見えた。

暗い水面を漂う小さな身体。

枯葉のまとわりついた水色のTシャツ。

――どうして、こんなことに。

目の前が暗くなり、世界が周囲から遠ざかっていく。誰かが叫んでいる。泣きながら何度も名前を呼んでいる。その声も、雨の音も、もう微かにしか聞こえない。

脳裏にフラッシュバックしていたのは、少しだけ傾いたドアノブ。

あのとき、春翔が起きたことをみんなに伝えていれば。

あのとき、ドアを開けていれば。

――私のせいだ。私が、殺した。

降りしきる雨の中で実沙はいつまでも立ち尽くしていた。

＊

キャンパス前に停まったバスから一人の若い男が降りてくる。

「あ、真砂さん」

男はこちらの姿を認めると、ぎこちない笑顔を作って片手を上げた。

背が高くて身体つきもがっしりしているのだが、やや面長の顔には芸術家めいた気難しさがあり、神経質で繊細な人柄を窺《うかが》わせる。

「久しぶり、常念くん」

理一郎とは中学校に上がってからは自然と疎遠になり、高校以降は顔を合わせていない。「りっくん」と気安く呼ぶのは躊躇われた。理一郎のほうも同じく、微妙な間柄の先輩に対する適切な距離感を探っている様子だ。

「何年ぶり……でしたっけ」

「中学卒業して以来だから、六年かな。常念くんもずいぶん変わった。何というか、大人っぽくなった」

「そりゃ大人ですから。だけど、真砂さんはあんまり変わらないですね。昔から大人っぽかったからかな」

お互いの近況を語り合いながら、二人は大学の構内を歩いていく。

ここは別の大学の文学部に進学した理一郎だったが、このキャンパスには来たことがあるようで、今日の用件が終わったら学食でビッグブラザー丼を食べたいと言っていた。凄《すさ》まじいカロリー爆弾のメニューである。きっと空木と気が合うだろう。

ふと会話が途切れたタイミングで、理一郎はぽつりと呟いた。

「……楓花、あいつ何を考えてるんだろう」

その口ぶりにおやと思ったが、そこには突っ込まなかった。

「私もわからない。でも、本当に犯人を突き止めようとしてるのは確かだと思う。空木さんと交渉してエキシマを引っ張り出してくるくらいだから」

「俺、まだ信じられないんですけど……そのエキシマってロボット、本当にいるんですか？」

今日の会合に際して、理一郎には電話でエキシマのことをひと通り説明してあるが、例のロボットを言葉で描写するとリアリティがことごとく剝落《はくらく》するため、彼にエキシマの存在を信じてもらうのは難しかった。

が、彼女と直接会えば話は別だ。

「いるよ。見ればわかる」

二人は人気の少ない図書館に入り、階段を上がった。

図書館の二階には会議室が並んでいて、予約をすれば自由に使うことができる。ある一室の前で立ち止まってドアを開けた。

六人掛けのテーブルとホワイトボードがあるだけの小さな部屋。背中を丸めて座っていた空木は、理一郎の姿を認めるとひょいと頭を下げた。

「どうも、空木です。君が常念くんだね。今日はよろしく」

「ええ、こちらこそ。……もしかして、あれがエキシマですか？」

理一郎が指を向けた先には、窓から降り注ぐ陽光を浴びて静止しているエキシマの姿があった。日向ぼっこをしているようにも見える。

「そうだよ」

「脚がついてますけど、歩けるんですか？」

「もちろん。でも、今は動いてくれないと思う。食事中だから」

食事中、という言葉でぴんとくるものがあった。思えばエキシマが充電用のケーブルに繋がれているのを見たことがないし、交換式のバッテリーも見当たらない。では、彼女にとっての食糧だと思われる電気エネルギーをどこから補給しているのか。

「太陽光発電？」

実沙が訊くと、空木は「たぶんね」と曖昧に頷いた。

「どんなに大容量で長寿命のバッテリーを積んでたとしても、エキシマの運動量だとあっという間に電池切れになるらしい。だから、外部から何らかの形でエネルギーを取り込んでるのは間違いないんだ。薬師先生が言うには、ボディの表面自体が一種の太陽電池になってるんじゃないかって」

人間に頼らず完全な自給自足ができるとなれば、エキシマと空木の関係にペットと飼い主のような力関係はなく、どちらかと言えば同居人に近いだろう。それでもやはり、立場は空木のほうが上なのだ。空木はエキシマの「管理者」であり、エキシマにとっての空木は「味方《フレンド》」なのだから。

羨《うらや》ましい、と少しだけ思う。

味方であり友達であると絶対的に規定されている他者。何があろうと揺るがない堅固な関係。それらを魅力的に感じるのは、人間どうしでは決して成り立たないからだ。人の心は移ろいやすい。今日の友は明日の敵。

――私は今日、旧《ふる》い友達を失うのかもしれない。

そんな感傷を覚えたところでドアが開いた。

「ごめん、遅れた。道が混んでてさ」

楓花はつかつかと部屋に入ってくると、空木の正面の席に着いた。トートバッグから引っ張り出したノートPCをテーブルに広げ、一同を見渡して威勢よく言った。

「それじゃ、始めるよ。みんな席について」

実沙は空木の隣に、理一郎は楓花の隣に座った。

空木は相変わらず日向ぼっこを続けていたエキシマを持ち上げた。エキシマは不満そうに四肢をばたつかせていたが、テーブルの上に載せられると大人しくなり、ほどなくして机上のインテリアと化した。

楓花はノートPCのディスプレイを全員のほうに向けて置いた。画面にはプレゼンテーションソフトのスライドが表示され、黒いゴシック体の文字が躍っている。

『春翔殺害事件捜査会議』

さすがに悪趣味だ。部屋の空気がたちまち冷えていくのを感じる。

周囲の微妙な反応など気にもかけず、楓花は咳払いして話し始めた。

「さて、今日集まってもらったのは他でもなく、私の弟である春翔の死の真相を解明するためです。十三年前の三月某日、春翔はホテルの客室の窓から湖に転落し、そのまま溺死《できし》しました。遺体や部屋に異状はなく、なおかつ客室が密室状態だったことから事件性はないと判断されましたが、ひょっとすると彼を死に至らしめた殺人者がいるのかもしれない――」

芝居がかった語り口に飽きたのか、楓花はいつもの口調に戻った。

「――それで、エキシマちゃんの力を借りて真犯人を突き止めてやろうってわけ。十三年も前の、しかも小学生の記憶があてになるのかって問題はあるけど、少なくともあたしはあの日のことをはっきり覚えてるし、この先も絶対に忘れない。実沙とりっくんもそうでしょ？」

実沙と理一郎は同時に頷いた。

小二のころの記憶などほとんど忘却の彼方《かなた》にあるが、あの事件の前後の記憶だけは色褪《あ》せることなく鮮明に残っている。衝撃的な体験だったというのもあるし、折に触れて何度も思い出したことで脳の回路が強化されたのかもしれない。

「あの、ちょっと訊きたいんだけど……」

空木は遠慮がちに手を挙げた。彼は楓花にしつこく頼まれてこの場にやってきたものの、今日の催しに関してはほとんど何も知らされていない。

「エキシマから推理を引き出せるのは、彼女が殺人者を攻撃しようとするときだけなんだ。その場に犯人がいなかったら普通は何も教えてくれない。エキシマの力を借りるってことは、白馬さんはこの中に犯人がいると思ってるの？」

「うん、いるよ」

楓花の顔からは笑みが消えている。

「容疑者はあたし、実沙、りっくんの三人。きっとこの中に犯人がいる」

本気だ、と実沙は確信した。彼女は本気で十三年前の地層から真相を掘り起こし、白日のもとに晒《さら》そうとしている。

——何のために？

開催の目的が読めないまま「捜査会議」はスタートした。ホテルの間取りや人物の一覧、時系列に沿った各人の動きをスライドに表示させながら、楓花は十三年前の事件の概要を説明する。

「——それで春翔の死体を見つけた後、りっくんがレストランまで大人たちを呼びに行った。あたしのお父さんがまずテラスから飛び込んで、それからホテルのオーナーがボートで引き揚げた。呼吸が止まってたから心臓マッサージと人工呼吸をやり続けて、救急車も呼んで——でも、結局春翔は死んだ」

重く沈んだ空気の中、楓花はスライドを切り替えた。

『討論タイム』

虹色の立体文字が空虚な明るさを発散する。

「春翔のいた一〇一号室には三つの出入口があった。廊下に面したドア、掃き出し窓、そして一〇二号室との隔壁のドア」

まずは隔壁のドアだけど、と楓花は続ける。

「あたしたちはベッドで眠ってる春翔を見て、一〇二号室に戻った後はずっとトランプで遊んでた。鍵はかかってなかったけど、異変に気づくまでは誰もドアを開けてないし、もし誰かが出入りしたら気づかないわけがない」

「そうとも限らないだろ」

と、身を乗り出したのは理一郎だった。

「俺たちはゲームに夢中になってたし、隔壁のドアは廊下に近い場所にあって、俺たちのいたベッドの上からは遠かった。つい見過ごしたとしてもおかしくない。ゲームの最中、ベッドから離れた人はいなかったか？」

「私はずっとゲームに参加してた」

「あたしもそうだよ」と楓花。「ちょっと目を離したら、りっくんがトランプにイカサマ仕掛ける気がして、トイレも我慢してたんだよね」

「小一を疑ってたのか。大人げないな」

「こっちだって小二だもん」

「俺は手持ちの金が尽きてから、チップの代わりになるカードを自分の客室に取りに戻ったが、そのときに隔壁のドアから一〇一号室に入ったりはしてないし、それ以外の時間はぶっ通しでゲームに参加してた。……自己申告だけじゃ意味ないな。互いのアリバイを証明し合わないと」

ここで実沙は小さく手を挙げた。

「私は廊下のほうを向いて座ってたから、常念くんが客室を出るときの様子はよく見えたはず。でも、常念くんが隔壁のドアに近づいたような記憶はない。もちろん楓花も。……これで私にアリバイがあれば完璧《かんぺき》なんだけど」

任せといて、と楓花は胸を張る。

「あのころは正直、りっくんのこと苦手だったんだ。年下なのに変に賢くて、何でもかんでも質問してくるところがうざったくて。だからなるべく二人きりにはなりたくなかったし、そういうタイミングがあったら絶対に記憶に残ってるはず。それを覚えてないのは、あたしとりっくんが二人きりにならなかったから。よって、実沙はベッドから離れてない。証明終了」

ひでえな、と理一郎は苦笑してから実沙のほうを向いた。

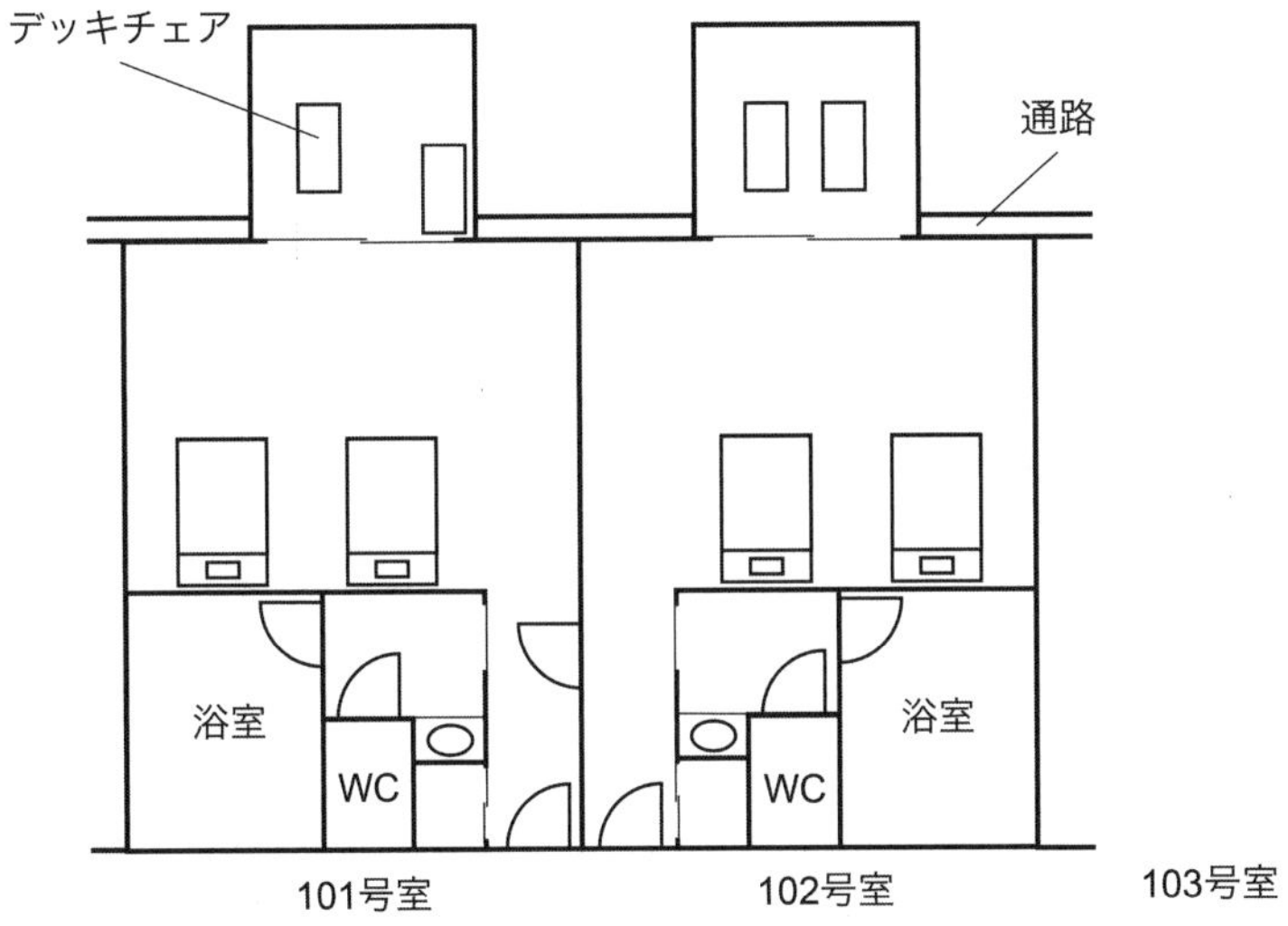
デッキチェア
通路
浴室
WC
浴室
WC
101号室
102号室
103号室

「真砂さん、廊下のほうを向いて座ってたんですよね。だったら、入口のあたりと隔壁のドアが視界に入ってたはずです。俺たちの他に誰かが出入りするのを見ませんでしたか？」

「それはないでしょ」と楓花。「いきなり部屋に誰かが入ってきたら、さすがにあたしとりっくんも気づく。それに、一〇一号室の鍵はあたしが持ってたから誰も開けられないはずだよ」

「だけど、隔壁のドアのほうは鍵はかかってなかったんだろ。春翔がこっそり部屋に入ってきたとしてもおかしくない。――どうですか？　真砂さん」

一瞬、呼吸を忘れた。

躊躇いがちに下げられたドアノブ。

「……いや、ゲームの最中は誰も入ってこなかったし、ドアも閉まったままだった」

楓花は特にこちらの反応を気にした様子もなく、だよね、と相槌《あいづち》を打った。

「仮に春翔が入ってきたとして、それを実沙が黙ってるのも変だし。さて、次は入口のドアだけど、りっくんが部屋の中から鍵をかけたんじゃなかったっけ」

「ああ。あの部屋のドアは、内側からサムターン錠をかけるとカードキーでも開かない仕組みだった。だからカードを持ってる春翔のお父さんがこっそり戻ってきてたとしても、部屋には入れなかったはずだ」

「チャイムを鳴らして開けてもらえば？」

「俺はオートロックのせいで春翔が外に締め出されないように、入口のサムターン錠をロックした。死体が見つかったときも施錠されたままだったから、誰かが春翔に招かれて客室に入ったところで、入口を施錠したまま出ていく手段がない」

ところでさ、と楓花は他の二人を交互に見た。

「春翔が見つかった後、一〇一号室の鍵がかかってるのって誰が確認したんだっけ」

「俺だ。大人たちを呼びに行くとき、サムターンを回して開けたのを覚えてる」

理一郎は事務的に応じていたが、その声にはわずかな緊張が滲んでいた。

楓花は意味深な笑みを浮かべて理一郎を見つめた。

「客室を出るときに鍵をかけたのも、鍵がかかってるのを確認したのもりっくんってことだよね。そして、あたしたちの中で一〇一号室のドアにアクセスできたのもりっくんだけ。カードを取りに行くために客室を出てたんだから」

「……それがどうした」

「鍵がかかってたっていうのが嘘なら話は通るんじゃない？　りっくんは一〇二号室を出た後、春翔に一〇一号室の入口を開けさせて中に入ると、春翔を湖に突き落とした。それから廊下に出て、一〇一号室の前で立ち続ける。あたしたちが様子を見に来たら、春翔がなかなか出てこないって嘘をつく。オートロックだから入口のサムターン錠がかかってるかどうかは廊下側からじゃ確かめようがないし、一〇一号室に入ったら入ったで、春翔はいないわ窓は開いてるわで鍵どころじゃなくなるのは予想がつく。あたしと実沙があたふたしてる中、大人たちを呼んでくるって率先して動けば、誰よりも早く入口のドアのところまで行ける。そうやって一〇一号室を密室に仕立て上げた——」

楓花は長広舌を終えると、唖然《あぜん》とした様子の理一郎に問いかけた。

「どう？　白状する気はある？」

彼女の瞳《ひとみ》に怒りや憎しみの色はない。死にゆく昆虫を観察する子供のような、無垢《むく》で残酷な眼差《まなざ》しがそこにはあった。

「俺は……」

理一郎の顔は苦悶《くもん》に歪んでいた。今にも何かを白状しそうに思えたが、あいにく楓花の推理に穴があることを実沙は知っていた。

「サムターン錠がかかってたことなら、私も確認してる」

二人のそれぞれ種類の異なる視線を感じながら、実沙は続けた。

「死体が見つかった後、常念くんが一〇一号室を出ていくとき、確かにサムターン錠を回す音を聞いた。がちゃ、って一回だけ。わざと音を立てたとしたら二回以上鳴ったはずだし、楓花の推理は成り立たない」

発言の意味を確かめるような間を置いて、理一郎は長く息を吐いた。

「……ありがとうございます。これで疑いが晴れました」

対する楓花は、特に表情を変えることなく肩をすくめた。

「まあ、これで廊下からのルートも塞《ふさ》がれたってことで。となると残るのは窓だけか」

楓花はPCのディスプレイに客室周辺の見取り図を表示させた。

各客室から湖側に突き出しているテラスの間隔はおよそ三、四メートル。清掃用の足場なのか、各テラスのあいだには建物側から五十センチほど迫り出した細い通路があった。これを伝って歩けば一〇一号室のテラスまでアクセスするのは可能だろう。

しかし、と実沙は思う。

「少なくとも、私たち三人には無理」

「だよね。誰もテラスには出てないし、こっそり出たとしても窓を開けたら雨の音ですぐにバレる。――あ」

楓花は何かに気づいたような顔をして、理一郎に視線を向ける。

「一〇一号室の入口は内側から鍵がかかってたから、犯人は外に脱出できない。りっくんはそう言ったけどさ、春翔が見つかったとき窓は開いてたし、外の通路を使えばどの客室のテラスにも行けるんだから、脱出なんて簡単だよ。りっくんならね」

「……また俺かよ」

理一郎の態度には明らかに苛立ちが滲んでいたが、楓花は構わず続ける。

「りっくんは春翔を殺した後、一〇一号室の入口に鍵をかけてからテラスに出ると、通路伝いに自分の客室——一〇三号室のテラスまで行った。あらかじめ鍵を開けておいた窓から客室に入って、その後はさっきと同じだね」

「何なんだ、さっきから。まるで俺が——」

「ねえ、りっくん、言ってみてよ。俺は何もやってないって」

いい加減にしろよ、と理一郎はテーブルを拳《こぶし》で叩《たた》いて楓花を睨む。

「何なんだこの茶番は。最初から俺を犯人だと決めつけてるじゃないか」

そうか、と吐き捨てる。

「俺のしたことを知ってて鎌をかけてるんだな。復讐《ふくしゅう》のつもりか？　おまえたち姉弟を引き裂いた俺がまだ憎いのか？　だとしてもこんな陰湿で胸糞《むなくそ》悪いやり方、春翔が悲しむと思わないのか？」

言ってはいけないことを言おうとしている。そう判断した実沙は、怒りをヒートアップさせつつある彼の頭を冷やそうと声を上げた。

「楓花」

理一郎は口をつぐみ、楓花はきょとんとした顔でこちらを見た。

「何？」

「楓花はあのときの私たちがまだ小学生だったことを忘れてる。私と楓花は背が高いほうだったけど、柵は私たちの身長と同じくらいの高さがあった。私たちより年下だった常念くんが、何の号室のテラスに行くときも同じ」

アに乗ればいいけど、通路から一〇二号室のテラスに行くときには足場がない。通路から一〇三助けもなく乗り越えられる高さじゃない。一〇一号室のテラスから通路に行くときはデッキチェ

「頑張ってよじ登ったんだよ」

「あの日は雨が降ってたし、テラスも通路も屋根がなかった。柵を何度も上り下りして二つ隣のテラスに移動したりしたらずぶ濡れになるはずなのに、常念くんの髪や服は濡れてなかった。あと些細なことだけど、常念くんが犯行後に一〇一号室を施錠するのは無理。テラスから室内に戻ったら濡れた足跡が残る。でも、あの客室の絨毯は窓の近くしか濡れてなかった」

それから理一郎に顔を向けた。

「それと常念くん、俺のしたこと、って何？　すべての侵入経路が潰《つぶ》された以上、常念くんに春翔くんを殺せたとは思えないけど」

理一郎はテーブルに視線を落としてしばらく黙り込んだ。やがて何らかの覚悟を固めたように、真剣な顔で楓花に言った。

「ごめん、俺、隠してたことがあるんだ。怖くて、ずっと言えなかった」

「何を？」

「春翔があんなことになったのは、俺のせいだ」

一瞬にして世界が反転したような気がした。

理一郎が、犯人。

——そんなわけがない。

彼は間違っている。春翔を冷たい湖に落とし、あの一家を崩壊に導いたのは自分だ。もしそれが間違いだったとしたら、十三年間抱え続けてきた後悔は、罪悪感は、いったい何だったというう

のか。

実沙の内心を知るよしもない理一郎は、淡々と秘密の告白を始めた。

「最初に一〇一号室に入ったとき、俺は入口のサムターン錠をかけた。それは本当のことだし誰にも嘘はついてない。だけど、その話はわざと一部を省いたものだ。実際はドアチェーンもかけてたんだ」

「ふーん、それだけ？」

楓花は拍子抜けしたように言ったが、どこか白々しさも漂わせていた。

理一郎は重々しく頷き、苦渋に満ちた表情で続けた。

「確かあのとき、楓花はドアチェーンを初めて見た様子だった。自宅の玄関がチェーン式じゃないんだろう。それなら春翔も同じだったはずだ。

春翔はドアチェーンの外し方を知らなかったんだ。

俺たちが一〇一号室から出て行った後、春翔は目を覚ました。車の中で眠ったまま運んでこられたわけだから、俺たちがすぐ隣の部屋にいることも、親たちがレストランにいることも知らない。見知らぬ部屋に一人でいるのが心細かった彼は、他の人間を探して部屋の中を歩き回った。入口のドアを開けようともしただろう。でも、ドアチェーンのせいで廊下に出られなかった。

そこで春翔は窓からテラスに出た。柵の向こうを見ようとして、デッキチェアの上に乗ったときに、一〇二号室の窓から漏れる明かりを見つけたんだろう。人の気配があることに春翔はほっとしたんだ。一刻も早くあの部屋に行きたかったから、危険を承知で柵を乗り越えようとして、誤って湖に落ちた――

雨が降ってるのにテラスに出たのは、他に脱出経路がなかったからだ。俺がドアチェーンをかけなかったら、春翔は客室の外に出られたし、湖に落ちることもなかった。俺の小賢《こざか》しい気遣いが春翔を――殺したんだ」

ただ、と理一郎は続ける。

「一つ不思議なことがある。春翔はどうして一〇二号室との隔壁のドアを開けなかったのか。鍵もかかってなかったし、一般的なタイプのドアだから開け方がわからなかったはずもない。たまたま見落としたと考えるのは無理がある。春翔はドアを開けられなかったんじゃないか？」

楓花を見つめる理一郎の眼に猜疑《さいぎ》の色が混じる。

「隔壁のドアは施錠されてたんだ。鍵をかけたのはおまえだろ、楓花」

一〇一号室から三人が出た後、隔壁のドアに挿しっぱなしになっていた鍵を引き抜いたのは楓花だ。あのとき、彼女が鍵をかけたかどうかは判然としない。

楓花は自分への告発を余裕のある笑みで受け止める。

「みんなでまた一〇一号室に入ったときは、鍵はかかってなかったでしょ？」

「こっそり鍵を開け直すタイミングはあったはずだ。例えば、なかなか戻ってこない俺にしびれを切らして廊下に出たときとかな。入口のサムターン錠に比べると、隔壁のドアの鍵は回したときの音が小さかった。ドアの横を通るときに素早く開ければ、真砂さんにも気づかれなかっただろう」

「――違う」

実沙は理一郎の言葉を遮った。

楓花が誰かを疑うのはいい。でも、彼女が疑われるのを許してはいけない。

すべてに決着をつける覚悟は固まっていた。

「もし隔壁のドアに鍵がかかっていたとしても、ドアを押し引きすればがたついて音がしたはず。でもそんな音はしなかったし、第一、春翔くんはドアを開けようとはしなかった」

そして告げた。十三年間、ひたすら隠し通してきた己の罪を。

「──私は、ドアノブが動くところを見てた」

この告白に理一郎は口をあんぐりと開け、楓花は少し目を見開いた。

「見てた?」

「春翔くんが湖に落ちる数分くらい前だったと思う。ドアノブが少しだけ傾いて、それからゆっくり戻った。でも、春翔くんが起きたことを楓花たちに言わなかった。──本当にごめんなさい」

実沙は深々と頭を下げた。垂れ下がった自分の髪が視界を暗くする。

「春翔くんはドアを開けようとして躊躇った。きっと私たちの楽しそうな声がしたからだと思う。自分以外が盛り上がってる状況に疎外感を覚えて、どこか他のところに行こうとした。それを止められる可能性があったのは私だけだった。ドアを開けてあげて、一緒に遊ぼうって言ってあげればよかったのに、言えなかった。楓花が春翔くんを嫌いだと思い込んでたから──」

子供が知らないもの、まだ知り得ないもの。

その一つは他者の心の機微だ。

春翔を執拗《しつよう》にいじめる楓花に対し、実沙は大きな勘違いをしていた。それはある意味では正しかったが、その裏側には実沙の知り得ないもう一面の真実があった。

──あたし、あいつが虫が嫌いって、知らなかったの。

春翔に蝉をけしかけた楓花の放った台詞。あれはなかなか心を開いてくれない弟への苛立ちではなかったか。数々の嫌がらせが攻撃的コミュニケーションの一環であることを、まだ幼かった実沙は理解できなかったし、春翔のほうも同様だっただろう。

それでも楓花は彼を理解したかった。理解しようと手を尽くした。

愛憎相半ばする、血の繋がらない弟を。

「楓花が春翔くんのことをどう思ってるか、私は知らなかった。楓花のせいでも常念くんのせいでもない。すべての原因は私にある」

無知は罪ではないが、無知は罪を作る。

思い返せば、ヒントは目の前にいくつも転がっていた。

例えば、姉弟の誕生日。春翔は四月生まれの小一で、楓花は十二月生まれの小二。その間隔はたったの四、五ヶ月だ。同じ母親から生まれたにしては短すぎる。

楓花が母親を「ママ」、父親を「お父さん」と呼ぶこともそうだ。そして、楓花が春翔をいじめていると知ったとき、実沙の母親が見せたあの微妙な表情――

楓花が母親の連れ子、春翔が父親の連れ子だと実沙が知ったのは、もう取り返しのつかない月日が経った後だった。両親が結婚し、楓花に弟ができたのは実沙がまだ幼稚園にいたときだ。小学校に上がるまで春翔の存在すら知らなかったし、楓花も周りの大人も事情を教えてくれなかったから、当時は気づけなかったのだ。

「私はまだ小さかった。まだ八歳だった。でも、それを免罪符にはしない。私が楓花の弟を奪ったのは事実だし、絶対に取り返しがつかないことだから――」

椅子の倒れる音、楓花の短い悲鳴に続いて、裏返った空木の声が響いた。

視界の端で黒いものが素早く動いた。

「――すっ、ストップ！」

実沙はおそるおそる顔を上げた。

机上のエキシマは楕円体のボディの前面を開き、黒光りする銃身を突き出したまま動きを止めていた。

彼女が照準を定めているのはテーブルの反対側だ。

その先には床に倒れている二人がいた。理一郎は横ざまに倒れた楓花をかばうような姿勢を取っており、彼の表情は蒼《あお》ざめていた。

「ちょっと遅れたね。ごめん、急に来たから油断してて」

空木は普段通りの口調を装っていたが、その表情には隠し切れない緊張が滲んでいた。あと少しでも遅れていれば危ない状況だったのかもしれない。

エキシマ、と空木は訊く。

「君の推理を話して」

そのまま銃口を動かすことなく、エキシマは無慈悲に告げる。

『REP／空木管理者／ENY／解析情報／UN0126727531――』

すべての報告を聞き終えた空木は、椅子に座り直した楓花に向かって言った。

「エキシマはこう言ってる」

そして、機械の代弁者として厳かに語り始めた。

「あなたを殺人者《エネミー》だと判断した根拠は、次に挙げる二点だ。
一、春翔の移動経路。
春翔は隔壁のドアノブに手をかけながら、ドアを開けようとしなかった。真砂が推測したように、その理由が三人の前に姿を現すことへの躊躇だとしたら、テラスに出た後、一〇二号室の反対側へ向かうのが自然だ。つまり、春翔はあくまで一〇二号室に接近したかったのであり、ドアを開けなかったのには別の理由があったと考えられる。

ここで私は、隔壁のドアノブにドアプレートが吊るされていたと推測した」

――きょうねちゅう、ちょうこさないで。

耳に蘇《よみがえ》ったのは、知らない漢字を適当な発音で読み上げる理一郎の声。

入口のドアノブから吊《つ》り下がっていた、『就寝中』『起こさないで』と表記されたプラスチック板について、当時の実沙と理一郎は何も知らなかった。

「一〇一号室で目を覚ました春翔は、隔壁のドアを開けようとしたとき、そこに吊るされたドアプレートを発見した。平均的な小学一年生より多くの漢字を知っていた彼は、ドアプレートの警告文を読み、次のように解釈した。

ドアの向こうで誰かが眠っているから、静かにしなくてはならない、と。

彼はドアが施錠可能であると推測したが、施錠の有無を判断する術はなかった。施錠された状態のドアを押せば、錠の部分が音を立てる可能性が高い。部屋の主の安眠を妨げることを恐れ、彼はドアを開けようと試みることすらできなかった」

親の言いつけを守る従順な春翔が、その「命令」に従ったのは自然なことだろう。

「二、靴の浸水状況。

三人が一〇一号室のテラスに出たとき、デッキチェアの下には春翔の靴が置かれていた。デッキチェアの下は濡れていなかったが、靴には多量の水が染み込んでいた。これは靴がしばらく雨の当たる場所にあり、その後、デッキチェアの下に置かれたことを表している。

春翔が隔壁のドアノブを動かした時刻と、彼が湖に転落した時刻は数分程度しか離れていない。もし彼が靴を履いてテラスに出た後、それを脱いでデッキチェアの下に置いたとしても、数分程度で靴が重くなるほど水を吸うことはない。つまり、靴が濡れたのは春翔がテラスに出るより前だ。

一方、春翔がドアノブを動かす前に長時間テラスに滞在しており、その際に靴が濡れたという説は成立しない。客室の絨毯は窓辺以外は乾いていた。もし春翔が濡れた靴を一度履いたのであれば、土足であっても素足であっても、濡れた足跡が室内に残る。

　春翔がテラスに出る前から靴は濡れており、かつ、彼は濡れた靴を履かなかった。

以上のことから、靴はテラスに置かれていた、と私は推測した。

　通常であれば、春翔がテラスに出ることはなかったはずだ。彼はテラスの存在も用途も知らなかった。その上、テラスはカーテンに隠されており、外は雨が降っていた。

　しかし、春翔が目を覚ましたとき、彼の靴がテラスに置かれており、なおかつカーテンと窓が開いていたとしたら事情は変わる。

　靴を発見した春翔は、テラスを自由に歩ける場所だと認識した。彼は雨ざらしになっていた靴を履かず、それ以上濡れないようにデッキチェアの下に置いた。室内に置かなかったのは客室が土足可だと知らなかったからだ。

　廊下側のドアからの脱出を試みたかどうかは不明だが、いずれにせよドアチェーンの外し方を知らない彼はドアを開けることができなかった。それでも一〇二号室を覗きたかった彼は、掃き出し窓からテラスに移動し、誤って湖に転落した」

　どんな人が眠っているのだろう、とでも思ったのか。春翔は慎重で臆病《おくびょう》な子供だったが、人一倍の知識欲も持ち合わせていた。

「床に落ちていたドアプレートを隔壁のドアノブに吊るし、彼の靴をテラスに置き、カーテンと窓を開けることができたのは、三人のうち最後に一〇一号室を出たあなたしかいない。また、ドアプレートの警告文の意味を理解し、春翔への罠《わな》として仕掛けることができたのもあなただけだ。

　あなたが他の二人と再び一〇一号室に入ったとき、音を立てるほどドアを大きく開けたのは、ドアノブに吊るしたプレートを隠すためだ。その後、親たちが来る前にプレートを回収し、床のもとの位置に落として証拠隠滅を図ったと考えられる。

あなたは春翔を直接殺害したわけではない。ただし、あなたの行為と春翔の死に有意な関連性があり、あなたがそれを隠蔽《いんぺい》していることから、私はあなたを殺人者《エネミー》と判断した。したがって、私はあなたを殺さなくてはならない」

静まり返った空気の中で、実沙は考えを巡らせる。

春翔は漢字を「知っていた」からドアプレートの言葉を読めた。そして、プレートの使い方を「知らなかった」からその言葉を誤って解釈した。春翔はすべてを「知っている」大人でも、すべてを「知らない」子供でもなかった。

彼が半端に賢く、半端に幼かったからこそ悲劇は起こったのだ。

静寂を破ったのは、戸惑いを露《あら》わにした理一郎だった。

「ドアプレートを吊るして、靴をテラスに出しただけ？　だったら、ドアチェーンをかけた俺はどうして人殺しじゃないんですか」

エキシマは質問に応《こた》えず、造作のない顔でじっと彼を見つめている。光を吸収する漆黒のボディは、彼女に向けられる疑問をすべて吸い込んで無に帰すかのようだ。

すると、楓花が不意に口を開いた。

「別にいいんだよ、りっくん。最初からわかってたことだし」

「……最初から？」

「空木さんは言ったよね。エキシマは人間の殺意を感じ取れるって。誰かに対する殺意は、その誰かを殺した後も残り続ける。つまりエキシマを使えば、実際に殺したかどうかにかかわらず、殺意の有無を客観的に検証できる。……あたしは確かめたかった。あのとき感じた殺意は本物だったのか。あたしは本当に、春翔を殺したかったのか」

前から春翔のことは憎かったんだ、と楓花はあっさりと言った。

「お母さんが春翔を可愛がるたびに寂しい気持ちになったし、春翔をいじめるあたしをお父さんが良く思ってないことも気づいてた。春翔さえいなければ、って思ったことは何度もある。

オートロックで客室から締め出されちゃったとき、とうとうお母さんに見捨てられたんだと思って、ショックだった。そうじゃないとわかった後も不安は残った。しかも、実沙にあんなこと言われたから——」

——かわいそうだって思わないの？

何も知らないくせに、と楓花が憤慨したのも当然だ。

「一〇一号室の窓を開けておいたのは、部屋を寒くして春翔の風邪を悪化させるため。その上でドアプレートを使って退路を断った。客室を出る前、りっくんがドアチェーンをかけるのも見てたから、残る出口は窓しかない。雨の降ってるテラスでうろうろすれば、もっと体調が悪化して、上手く行けば死ぬかもしれないと思った。まさかテラスから落ちるとまでは想像してなかったけどね」

楓花はテーブルに両肘《ひじ》をつき、エキシマにぐいと顔を近づけた。剝《む》き出しの銃口に鼻先が触れんばかりの距離だ。

「でも、あたしは春翔を殺してない。どうしてかわかる？」

エキシマは応えない。楓花はふっと笑って、

「わかんないか。じゃあ教えてあげるね」

楓花がスマートフォンを取り出して何か操作すると、すぐに会議室のドアが開いた。

現れたのはすらりとした長身の青年だ。顔の造りにも鋭さがあり、幼いころの丸顔はその片鱗《へんりん》も残っていないが、生え際に残る白い傷跡は変わらずそこにあった。

「ほら、その黒いのがエキシマ。自己紹介してあげて」

楓花が促すと、青年は戸惑う素振りを見せつつも軽く頭を下げた。

「朝日春翔です。昔、楓花の弟でした。初めまして」

空木は中途半端な笑顔のまま絶句していた。

エキシマはあくまで事務的に告げた。

『REP／空木管理者／KIL／SQ／停止／UN0126727531』


「春翔には図書館の中で待機してもらってたんだ。いざとなったらご本人登場、って感じで出てきてもらうためにね。何かの間違いで殺されたら困るし」

楓花は春翔の肩をぱしぱしと叩きながら、場違いに明るい声で説明する。ふと思い出したようにノートＰＣに手を伸ばすと、キーを叩いてスライドを切り替えた。

『ドッキリ大成功』

巨大なフォントの文字を読んで、空木は呆然として呟いた。

「まさか、全部嘘だったの？　僕とエキシマを騙《だま》すために――」

「ホテルでの話はほとんど事実だよ。嘘はたった一つだけ」

――誰があたしの弟を殺したのか、だよ。

バーベキューの最中、楓花はエキシマを使って「春翔を殺した犯人」をあぶり出そうと提案したが、実沙にはその意味が理解できなかった。

楓花の「元」弟、朝日春翔は死んでいないからだ。

十三年前、暗い水面を漂っている彼の小さな身体を見つけたときは、幼い実沙もそれが死体だと信じて疑わなかったが、実際のところ、彼はかろうじて生きていた。テラスを支える柱に遮られて見えなかったものの、仰向《あおむ》けに浮いていたので呼吸は可能だったらしい。ただ、落下したとき頭を通路にぶつけたせいで気絶しており、そのまま溺死しなかったのはたぐいまれな幸運だったという。

助かって良かった、めでたしめでたし——とはならなかった。

春翔は額から側頭部にかけて深い裂傷を負い、その傷は十三年経った今も生々しく残されている。さらに脳へのダメージによる逆行性健忘により、テラスから転落する前の数時間の記憶を失っていた。春翔がテラスから落ちた理由は、彼自身にも解明できない謎として残されたわけだ。

さらに、春翔の事故は朝日《あさひ》一家に深い傷跡を残した。

開業直前のホテルで事故を起こし、友人の面子《メンツ》を潰す形となった父は母を責め、楓花が弟を突き落とした可能性を指摘した。実の娘を人殺し呼ばわりされた母はこれに猛反発。売り言葉に買い言葉であっという間に離婚が成立し、父は春翔とともに家を去って、楓花の名字は「朝日」から「白馬」に変わった。

実沙は、春翔を失って抜け殻のようになった楓花を目の当たりにして、彼女が本当は弟を大切に思っていたのだと知った。そして、春翔に一生残る傷を刻み、朝日家を崩壊させ、楓花から大切なものを奪った罪悪感はますます膨らんでいった——

それこそが空木とエキシマには知らされなかった、混じり気なしの真実。

エキシマを使って犯人を突き止めるにあたり、楓花は春翔を死んだことにすると言い張った。その理由を訊くと、楓花はこう答えた。

——エキシマちゃんだって、殺人未遂より殺人のほうが本気出すでしょ。

また、空木にも事情を隠していたのは、先日の「実験」の様子から、彼の演技力には期待できないと判断したからだ。

「そんなわけで、犯人はあたしだから。悪いね」

楓花に背中を叩かれた春翔は苦笑した。彼は会議室の音声を別室で聞いていた。

「まあ、十三年も前のことだしね。理一郎と真砂さんも全然気にしなくていいよ。全部、危ないところに登って落っこちた僕のせいなんだから」

改めて謝罪をしようとしたのに先手を打たれてしまった。それでも、と口を開きかけたところで理一郎が先に言った。

「今は忘れてるかもしれない。だけど、当時のおまえは痛かったはずだし、辛《つら》かったはずだろ。犯人を恨んでたかもしれない。俺は、あのときのおまえに謝りたいんだ」

申し訳ない、と深々と頭を下げる理一郎に対し、春翔は引き気味だった。

「もうやめなって。暑苦しい」

ああでも、と何かを思いついたように上を見る。

「許してほしいんだったら、あれ奢ってよ。ここの学食で見かけた、変な名前の」

「何だ？」

「ビッグブラザー丼」

かつての姉とよく似た表情で、春翔は笑った。


男二人は学食へ向かい、空木も薬師教授に用事があると言って大学に残ったので、実沙は楓花の車で家まで送ってもらうことになった。

楓花の運転は、ペーパードライバーである実沙の目からしても危なっかしい。ブレーキの力加減がおかしいので、信号で停まるたびに慣性力を全身で感じることになる。

「エキシマちゃんは結局、神様なんかじゃなかったんだね」

楓花は歩道側に寄りすぎた進路を戻しながら口を開いた。

「春翔は死んでない。でも、エキシマちゃんはあたしが殺したと思った。あたしたちの嘘を真に受けて、春翔が死んだと思い込んだってことだよね。つまりエキシマちゃんには、全部を見通す神様みたいな力も、人の心を読み取る力もない。きっと空木さん、がっかりしてるだろうな」

「そうかな。案外、喜んでるかも」

「何で?」

「完璧じゃないほうが人間らしいというか、親しみやすいから」

エキシマを過度に擬人化している空木は、彼女に神格よりも人格を求めているような気がする。手の届かない存在よりも、身近な存在であってほしいのではないか。

それにしても、なぜ今回に限ってエキシマは騙されたのだろう。数人ぐるみで偽の死体をでっち上げたという点では、牛肉ブロックを使った例の実験と同じ条件なのに。しかも、突然現れた春翔が本物であることを疑いもしなかった——

思考が脇道に逸《そ》れかけたところで、楓花に訊かなくてはならないことを思い出した。

「楓花、一応確認しておきたいんだけど」

「何」

「常念くんとはいつ結婚するの?」

一拍の間を置いて、楓花はハンドルを回しながら言った。

「よく気づいたね。高校時代から付き合ってることも教えてなかったのに」

「まあ、何となく」

二人の言動にそれを匂わせるヒントはあったように思うが、特に確証があったわけではない。だからこれは推理などではなく、旧友としての勘だ。

「そうだったら今日のことも説明がつく。常念くんはドアチェーンの件で白馬家に負い目があったから、結婚して白馬家と繋がることに後ろめたさを感じていた。そこで楓花は、彼の罪悪感を解消するためにエキシマを利用した。自分こそが春翔を殺しかけた犯人だと証明することで」

それは同時に、楓花が己の罪に決着をつけるためでもあったのだろう。殺人事件の審理において殺意があったかどうかは重要な争点となる。当時八歳だった彼女が罪に問われることは万に一つもあり得ないが、法律を学んでいる彼女が殺意の有無にこだわるのは自然なことかもしれない。そして彼女は、きっと実沙が抱える罪悪感にも気づいていて、三人の抱える過去を清算するつもりだったのだ。

珍しく口ごもって、楓花は言い訳するように言った。

「そんなんじゃないよ。あれは、りっくんをテストしたの。夫としてふさわしいかどうか知りたかったから、ああやって揺さぶったら本性が見えるかなと思って」

「本当に？」

「本当だって」

複雑な家庭環境のせいか、彼女は他人に弱みを見せようとしない。幼馴染の実沙に対しては特にそうだ。昔から変わらず、わがままで傍若無人な強い自分をいつも演じている。それでも実沙は、母親に見捨てられたと思い込み、ホテルの廊下で膝を抱えて泣いていた少女の姿を忘れることができない。

楓花のドアにはきっと入室禁止のプレートが吊るされている。誰にもドアを開ける権利はない。実沙にできるのは、彼女の強がりを受け入れることだけだ。

「それで、常念くんのテスト結果はどうだった？」

「意外に短気というか、余裕のない男でがっかりした。でもまあ、銃を向けられて、とっさにかばってくれたところは加点するけどさ」

楓花は口を尖《とが》らせて言う。その顔がおかしくて、実沙は笑う。

You have control

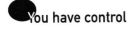

「寒いね」

隣を歩く空木が言った。

「寒いですね」

実沙は応《こた》える。

さく、さくと雪を踏みしめる音だけが住宅街に響く。無風、そして無音の夜。街路灯に照らされた雪片がひらひらと揺れながらアスファルトを覆い隠していく。

これは良くない。非常に良くない。

実沙は危機感を覚えていた。なぜかと言って、一時間ほど前から同様の形式的なやり取りをかれこれ五回は繰り返していたからだ。

空木とは今年の夏から何度も顔を合わせているし、ある程度は気軽に会話できる間柄だ。それなのに現在、痛いほどの沈黙が二人のあいだに横たわっているのが、このシチュエーションのせいであることはもはや自明だった。

——私はたぶん、緊張している。

深夜、空木に家まで送ってもらっているという、初めての状況に。

今日の昼間、実沙は空木探偵事務所のある雑居ビルを訪れ、とある殺人事件の捜査に立ち会った。涸沢警部による事件概要の説明、スクリーン越しの事情聴取といつもの手続きが済み、いよいよ「面通し」を始めようとしたときだった。

エキシマが突然、捜査陣に対してあることを要求した。

——事件現場の台所にある包丁の本数を教えなさい。

涸沢の手持ちの資料には該当するデータがなかったため、彼は事件現場となった民家で待機していた捜査員に指示し、台所を調べさせた。やがて届いた情報はエキシマに献上されたが、彼女はそれからも次々に新たなデータを求めた。

最終的に面通しが行われ、エキシマが犯人に銃口を突きつけたのは午後十時を回ったころ。ようやくオブザーバーとしての役割から解放された実沙だったが、積雪の影響で電車が止まっているらしく帰りの足がなかった。部外者をパトカーで自宅に送ってくれるほど警察は——というか涸沢は甘くなかったし、タクシーを呼ぶには懐具合が心もとない。とはいえ歩いて帰れない距離ではなかったので、事件の状況報告のためアメリカからリモートで繋《つな》いでいた薬師教授にその旨を伝えると、彼は真剣な顔で反対した。

——こんな時間に一人で帰るのは危険だ。空木くんに送ってもらいなさい。

今思えば、やっぱりタクシーで帰ると言って断るべきだったが、空木が二つ返事で引き受けたので、言い出すタイミングを失ってしまった。

そんなわけで事務所を出てからおよそ一時間、空木と肩を並べて自宅までの道程をひたすら歩いてきた。身体に染み込む冷気と気まずい沈黙に耐えながら。

空木が裸の両手を擦《こす》り合わせるのを横目に、実沙は言った。

「ご迷惑おかけしてすみません、空木さん。こんなに寒いのに」

「いや、別に大丈夫だよ。それに、これが薬師先生のやり口なんだ。僕を自分の研究室の子と、その、仲良くさせるために」

「先生は、どうしてそんなことを？」

「よくわからない。単なるお節介かも……」

そういえば、前任のオブザーバーである研究室の先輩も女子だった。薬師教授はエキシマの唯一の管理者である空木に、子飼いの女子大生をあてがってご機嫌を取らせている――と勘繰ることもできるが、そんなことをするメリットはなさそうだ。

となると、本当にただのお節介なのか。そっちのほうが厄介ではないか。

「あの試写会も、気遣いの一環なんでしょうか」

「だろうね……」

先日、薬師がとある映画の試写会のチケットを二人に渡してきた。彼が出演した報道番組のスタッフから貰《もら》ったのだが、彼自身は行く暇がないのだという。そんな成り行きで空木と試写会に行って一緒に映画を見た。敵地に不時着した戦闘機のパイロットが、敵の手を逃れつつ母国を目指す話だ。機密保持のために愛機を銃で壊す絶望的なシーンから始まり、息もつかせぬ展開にハラハラした。特に印象的だったのは独特の符丁が使われた会話だ。

「アイ・ハヴ・コントロール」

実沙が何気なく呟《つぶや》くと、空木は後に続けて言った。

「ユー・ハヴ・コントロール。……そういえばあったね、そんな台詞《せりふ》」

劇中、機長と副操縦士の主人公がそのような言葉を交わすシーンがあった。

複座型の戦闘機を二人で操縦する場合、どちらに操縦権を与えるのかを状況によって切り替える。その際、誰も機体をコントロールしていない時間があってはならないので、「I have control」「You have control」と言い合うことで切り替えのタイミングを明確化するのだという。

操縦権を主人公に渡した直後、機長は華々しく散った。

それはともかく、薬師が何かにつけて二人の距離を縮めようとしているのは確かである。実沙を自宅まで送らせるというのもかなり露骨な攻め方だ。とはいえ空木の性格からして、年下の女子が一人暮らししているアパートの部屋にずかずかと上がり込むことはない。その点では心配しなくていいだろう。

——いや、待て。

そのとき実沙は、自分が重大な思い違いをしていたことに気づいた。

——アパートに到着した後、私はどうするつもりだった？

雪が舞う極寒の夜、長い距離を一緒に歩いてきてくれた空木、身体の芯《しん》まで冷え切っている空木に対し、ではまた今度と手を振って、そのままとんぼ返りさせようとしていたのではないか。それはまさしく鬼畜の所業である。

となると、良識ある大人として正しい振る舞いはこうだ。

空木さん、寒かったでしょう。少し温まっていってください。さあさあ、私の部屋にどうぞ。すぐに温かいお茶をお出ししますね——

「嵌《は》められた……」

「えっ、何が？」

何でもないですと生返事をしながら、実沙は胸のうちで呟いていた。アイ・ハヴ・コントロール。操縦桿《かん》を握っているのは自分なのだ。実沙は自ら空木を部屋に招き入れなくてはならない。道義的にそうせざるを得ない——

太平洋《たいへいよう》の反対側でほくそ笑んでいる教授の顔が目に浮かぶ。

しかし、と思い直す。自分は男性を部屋に上げるという行為を過大に捉《とら》えすぎているのではないか。よくよく考えれば、お世話になっている共同研究者を自宅に招くなんて普通のことだし、とりたてて意識する必要はないだろう。

そのとき、空木が大きなあくびをして、薬師教授から貰ったという腕時計を確認した。文字盤の代わりに小さなディスプレイを備えたスマートウォッチだが、彼がそれを時計以外の用途で使うところを見たことがない。

「もう十一時か。眠いなあ」

そうだ、肝心なことを忘れていた。

現時刻は午後十一時六分。一日中捜査に立ち会ったうえ、一時間も歩き通しで二人とも疲れ切っている。アパートに着いた後、そのまま事務所に引き返す余力があろうはずもない。すると道義的に、どうぞ泊まっていってくださいと空木に勧めなくてはならない。実沙の部屋に、つまり単身者向けの手狭なワンルームに——

次々に湧いてきた現実的な問題が脳内を駆け巡る。

最後に部屋の掃除をしたのはいつだった？　見られるとまずいものがないか確認しなければ。寝床はどうする。空木には床に寝てもらうにしても毛布が足りないのでは——

「真砂さん」

空木が突然耳元で囁《ささや》いたので、心臓がひっくり返りそうになった。

「——あの人、大丈夫かな」

彼が指差すほうを見ると、前方からこちらへ歩いてくる人影があった。

小柄な老人だ。

ぼさぼさの蓬髪《ほうはつ》に赤ら顔。酔っているのか、足取りは危なっかしく身体がふらふらと揺れている。黒いジャージの上下に半纏《はんてん》のようなものを羽織っており、右足にはビニール製の青いサンダルを履き、左足はなぜか裸足《はだし》だった。

実沙はこの老人のことを知っていた。同じアパートに住んでいて、昼間からカップ酒を片手に近所をうろついているのをよく見かける。とはいえ名前は知らないし、話したこともない。いきなり意味不明なことを怒鳴られて逃げ出したことはあったが。

そんな見るからに厄介な老人に対し、空木は屈託なく話しかけた。

「おじいさん、大丈夫ですか。靴がないと冷たいでしょう」

「……冷てえよ、そりゃよお……でもなあ、酒切らしちまって……」

「お酒を買いに行くんですか。そういえば、途中にコンビニがあったような」

「んなことよりもよお、許せねえよなあ……あんなに飛ばしやがって……」

「靴を飛ばされたってことですか？」

「おめえもそう思うだろ、なあ……この人殺しってよお……」

「靴がなかったら死ぬほど寒いでしょうね。わかりました。おじいさんの靴が見つかったら届けに行きます」

絶妙に嚙《か》み合わない会話の末、空木はそんなことを一方的に請け合った。

老人と別れてから、空木は下を向いて歩いていた。サンダルの片方を律儀に捜しているのだろう。

実沙は言葉を選びながら言った。

「あの人の言うこと、あんまり真に受けないほうがいいですよ。サンダルも履き忘れただけかもしれないし、ずっと前から失くしてるのかも」

「アパートからここまでどのくらい離れてるの？」

「一キロくらいです」

「さすがに裸足でその距離は……あれ？」

空木が急に足を止めた。街路灯のついた電柱の真下だった。どういうわけか、その一畳ほどの範囲だけ、路上に積もった雪が周囲より浅くなっていた。

「わかった。あのおじいさん、ここで車に轢《ひ》かれかけたんだ」

先程から歩いていた道には、雪の上に一台だけ車のタイヤの跡が残っている。その軌跡はぐにゃりと道の外側に膨らんで、電柱のすぐそばを通っていた。ここは車二台がすれ違える程度の、歩道と車道の区別もないような道であり、おまけにこの地域では珍しい積雪の日だ。運転を誤って接触事故を起こしかけたとしても不思議ではない。

「きっと、そのときに転んでサンダルが脱げたんだよ」

空木は電柱のまわりを捜し始めたが、実沙の見るかぎりそれらしきものは見当たらなかった。雪の深さもサンダルを埋めるほどのものではない。

それにしても、ただ転んだだけならもっと雪が乱れてもおかしくない。こんなふうに積もった雪が全体的に浅くなるということが起こるだろうか。

「あ、ここ、何かついてる」

空木は電柱の近くにある金網のフェンスを指差した。

針金をひし形に組んだフェンスは、あちこちがほつれたり歪《ゆが》んだり、大きな穴が開いたりしている。その針金の上に、まだ乾き切っていない赤黒い滴が散っていた。

「あのおじいさん、やっぱり車にぶつかってたんだ。そのせいで転んで、フェンスに引っかけて怪我をした。——ぶつけておいて逃げ出すなんて、許せないな」

空木の態度からはストレートな憤りが感じられて、それが実沙には新鮮だった。

「珍しいですね。空木さんがそんなふうに怒るなんて」

「そうかな?」

「事件の捜査に立ち会ってるときは、いつも平然としてるじゃないですか」

空木は殺人事件というものに慣れ切ってしまったのだろう。それなのに見知らぬ老人が車に引っかけられたことに憤るというのは、何だか歪んでいる気がする。

並んで道を歩き出したところで、空木がぽつりと言った。

「僕のお祖父《じい》さんも、お酒ばかり飲んでたんだ。だからかな」

はっとした。空木は今、初めて実沙に家族の話をしたのだ。これまで頑《かたく》なに自分のことを語ろうとしなかった彼が――

だが、口を滑らせたことを後悔するように空木は口をつぐんだ。実沙にはその沈黙を破る勇気はなかった。それは一線を越えることだと思ったから。

本当は、空木には訊《き》きたいことが数多くあった。

なぜ探偵事務所を開いたのか。なぜ雑居ビルの事務所に一人で住んでいるのか。どのような経緯で薬師教授の研究に協力するようになったのか。

エキシマとは何なのか。そして、彼女はどこから来たのか。

可視光を反射しないエキシマと同じく、空木もまた実沙の疑問を吸い込んだまま返さない。曖《あい》昧《まい》な微笑と優しい態度で、しかし厳しく拒絶する。

「あれって何の足跡かな」

話を逸《そ》らすように空木が地面を指差した。

路面に残った足跡は降り続ける雪で消えかかっていたが、その中に人間の靴のものとは違う、小さくて丸い凹みがうっすらと見えた。互い違いの二列になって続いているので、動物か何かの足跡だろう。

「猫だと思います。このあたり、野良猫が住み着いてますから」

「どんな猫？」

「よく見かけるのは黒猫です。いつもアパートのゴミ捨て場を荒らしてたんですけど、先月くらいにゴミ捨て場に金網が設置されて、それからはあまり見かけなくなりました。餌場を移したのか、どこかで行き倒れてるのかもしれません」

「こんなに寒いのに食べ物もないなんて可哀想だな。うちで引き取ってあげたいよ。黒猫ならきっと、エキシマとも仲良くやれるだろうし」

初めてエキシマを見たとき、黒猫だと勘違いしたことをふと思い出した。

そんな漫然とした会話を続けていると、前方に人影が見えた。街路灯に照らされてようやくその顔が見えたとき、実沙は仰天した。

「楓花？」

こちらへ歩いてきたのは実沙の幼馴染《おさななじみ》、白馬楓花だった。小柄な体軀《たいく》に分厚いダウンジャケットを着込み、もこもこと膨れた姿は冬の雀を思わせる。

こちらの姿を認めたとき、楓花の顔には一瞬、ばつの悪そうな表情がよぎった。

「ああ、実沙。……あれ？　空木さんもいるじゃん。やっぱりそういう関係？」

「捜査の関係で遅くなったから、送ってもらっただけ」

「そんなこと言って結局、部屋に連れ込むわけでしょ。やるねえ」

ぐ、と言葉に詰まる。その通りなので反論できない。

「……それより楓花、何でこんなところにいるの？」

彼女は今、彼氏である常念理一郎と同棲《どうせい》しており、二人の住居はここから遠い。こんな夜更けにばったりと遭遇するわけがなかった。

「今、麦《むぎ》ちゃんのところに泊まらせてもらってるんだ」

「麦ちゃん？」

「麦草《むぎくさ》っていう、うちの学部の後輩。実沙と同じアパートだよ」

初耳だった。

「泊りがけで遊びに来たの？」

「まあ、そんな感じ。それよりも麦ちゃん見なかった？　コンビニに煙草買いに行ったきり一時間くらい帰ってこないから、ちょっと様子を見に来たんだけどさ」

「その子、どんな恰好《かっこう》？」

「黒いロングコートに、下は細めのベージュのパンツ。靴は真っ赤なハイカットブーツだったかな。編み上げのやつ。あと、マニキュアがかなり綺麗《きれい》」

記憶をたどったが、サンダルが片方脱げた老人の姿しか浮かんでこない。マニキュアはしていなかったと思う。

「私たちは見てない。麦草さん、スマホは持って行ってないの？」

「うん。財布だけ持ってふらっと出て行っちゃって。不用心だよね、女一人でこんな真夜中にさあ」

「それはお互い様じゃない」

「でも一人じゃ危ないよ」と空木が口を挟む。「その麦ちゃんって子を捜すなら僕たちも手伝おうか。ほら、エキシマは夜目が利くし」

リュックサックを叩《たた》いてみせる空木に向かって、楓子は肩をすくめた。

「エキシマちゃんは誰かが殺されないと動いてくれないんでしょ。別に大丈夫だって。このあたりって思ったより人通りがあるみたいだし」

「そう？」

実沙は内心首を傾げた。午後十一時の住宅街にそれほど人がいるとは思えないが。

「さっきもアパートの近くで二人見かけたよ。犬の散歩してる人と、キャリーバッグ引いてる人。散歩してたほうはフード被《かぶ》ってマスクして、あとサングラスもしてた。なのに懐中電灯つけてたんだよ。眩《まぶ》しいのか暗いのかよくわかんないよね」

「キャリーバッグのほうは？」

「うーん、顔は見てないけど、禿《は》げたおっさんだった。キャリーバッグも重そうでさ、雪のせいでなかなか進めないのか、横を通るときにぜいぜい言ってた。リュックサックも背負ってたっけ。こんな夜中に旅行でも行くのかな」

片足サンダル酩酊《めいてい》老人も含め、そろいにそろって怪しい人間ばかりではないか。

「やっぱり、僕たちもついていこうか？」

空木は不安そうに同行を申し出たが、楓花はひらひらと手を振って断った。

別れ際、実沙は楓花にだけ聞こえるくらいの声で訊いた。

「麦草さんの部屋に来たのは、本当に遊ぶためだけ？」

暗闇の中で楓花がふっと息を吐いた。笑ったのだろう。

「今、りっくんと喧嘩《けんか》してるんだ。部屋追い出されちゃって、この二、三日、麦ちゃんのところに泊まってる」

「それくらい言ってくれればいいのに」

「追い出されたなんて言えないよ。恥ずかしいじゃん」

最近知り合った後輩には言えても、幼稚園からの旧友には言えないことがある。何でも包み隠さず話せる相手であっても親しいとは限らないし、親しい人間であっても秘密を打ち明けられるとは限らない。それはわかっていても、ふと思うことがある。

私たちにはもっと、別の付き合い方があったのではないか。

例えば、相手が彼氏と喧嘩したときに部屋に泊まらせてあげるような。

「今回のことで思い知ったなぁ」楓花は溜息《ためいき》交じりに言った。「嘘は危ないって。人を怒らせるし、信用を失くす。これからはもっと正直に生きようかな」

「嘘つき」

「本当だって。実沙もさ、もっと正直に生きなよ」

最後の一言が思いのほか胸に刺さって、しばらくはコンビニの方向へ去っていく楓花の後ろ姿をぼんやり目で追っていた。

複雑な家庭環境で育った楓花は、幼いころから本心を隠し、自分を演じることに長《た》けていた。そして実沙は、春翔の事故以来、誰にも話せない秘密を抱え込むことになった。結果として二人の友情は、付き合ってきた年月に比例しない浅さを保っていた。

互いの領域に踏み込まない、ただ心地よいだけの関係。

それは二人の性格には合っていた。二人ともドライな性質で、過度にべたべたするのは嫌いだったから。それでも、もう少しだけ相手の心に踏み入る勇気があれば、何かが変わっていたのかもしれない。

次の街路灯はまだ遠い。闇に包まれた雪道を歩きながら、実沙は切り出した。

「空木さん、訊きたいことがあります」

「何？」

「エキシマはどこから来たんですか？」

思えば、こんなふうに直球の疑問をぶつけたのは初めてだった。

いきなりの質問に面食らったのか、空木の返事はしばらくなかったが、やがて彼は囁くような小声で語り始めた。

「……エキシマがどこで生まれたのかは知らない。元々は僕の両親と一緒にいたらしいけど、ずっと昔に外国で亡くなってるから」

「外国の方だったんですか？」

「いや、日本人だよ。とある非政府組織で働いてて、中東で支援活動をしていたらしい。そこで紛争か何かに巻き込まれて、僕だけが生き残った。だけど、まだ物心もついてない年だから、当時のことはほとんど覚えてない。記憶にあるのは――」

予想していたより重たい話はそこで中断された。前から人が歩いてきたからだ。

正確に言うと、犬とリードを持った飼い主の男だった。

男はダウンジャケットのフードを被り、マスクとサングラスで顔を隠して、ハンドライトで地面を照らしながら歩いている。犬は雪のように白いマルチーズで、短い脚をせっせと健気《けなげ》に動かしていた。

楓花が目撃したという「犬の散歩してる人」だろう。不審人物その二だ。

男をそれとなく観察していると、その風体にどことなく既視感があることに気づいて、おそるおそる声をかけた。

「もしかして、三峰《みつみね》さんですか？」

すると男は渋々といった感じで足を止め、サングラスを外した。案の定、実沙と同じアパートに住んでいる二十代後半の男だった。職業は知らないが、釣りが趣味らしく、釣り竿《ざお》とバケツを持ってオレンジ色の派手な車に乗り込むところを以前見かけた。

三峰は大袈裟《おおげさ》に溜息をついてみせた。

「見つかっちまったか。一応変装もしたんだけどな」

「犬、飼ってるんですか?」アパートはペット禁止である。

三峰は小刻みに震えているマルチーズの背中をわしわしと撫《な》でた。

「兄貴の家族が海外旅行に行ってて、今だけ預かってるんだ。俺の車を兄貴の車にぶつけちまって、その罰だってさ。大人しいし吠《ほ》えねえから今のところバレずに済んでる。ずっと部屋に閉じ込めてるのも可哀想だから、時々夜中に散歩させてんだ。ところで、そっちの人は?」

「彼氏です」

空木が愕然《がくぜん》としてこちらを振り向いたが無視した。

まさか本当のことは言えないし、彼氏ではないと否定したところで状況からして誤解は免れない。先手を打って認めればそれ以上は突っ込まれないはずだ。と、そんな計算を巡らせていたものの、自ら墓穴を掘っているというか、意図せずして外堀を埋めているような気がしなくもない。

空木を遠慮なくじろじろと見る三峰。「大学生?」

「う、あ、はい」

「ふうん。まあいいや、じゃあな」

三峰は手を振って歩き去っていく。彼の大きな靴跡の上に、マルチーズの可愛らしい足跡が互い違いの二列になって残っている。どこかで見たような足跡だ。

空木は安堵《あんど》したように息を吐いた。

「優しそうな人だね。……少なくとも、犬には」

「そうでしょうか。あの犬、寒そうに震えてました。本当はこんな日に散歩なんてしたくないのかもしれませんよ。裸足で雪の上を歩くのは冷たそうですし」

「あのおじいさん、さっきの犬と同じ状況だったんだ……あ」

空木は不意に立ち止まると、その場にしゃがみ込み、スマートフォンのライトで地面を照らした。雪の上に青いサンダルが落ちている。

「やっぱり、おじいさんのだ」

空木の言う通り、老人が右足に履いていたのと同じものに見えた。

サンダルが落ちていたのは道の端。街路灯から遠いので暗く、空木が注意深く地面に目を凝らしていなければ見つけられなかっただろう。

「あのご老人が車に轢かれかけた場所はここだったんですね」

サンダルの近くの地面に、ちょうど誰かが尻餅《しりもち》をついたように雪が乱れている場所があった。

おそらく老人は車をよけようとして転倒し、そのときにサンダルが脱げてしまったのだろう。そして、履き直そうにも暗さのせいで見つけ出せなかった。

すると、先程見つけた雪のくぼみと、フェンスの血痕《けっこん》は別件なのだろうか。

空木は薄汚れたサンダルを躊躇《ちゅうちょ》なく拾い上げて訊いた。

「おじいさんがどこに住んでるか知ってる？」

「私と同じアパートです。部屋番号は知ってるので、案内しますよ」

三峰の登場で宙ぶらりんになった話題が気になって仕方なかったが、話の続きを聞くことはできなかった。遠くから奇妙な音が聞こえてきたからだ。

がらがら、がら、がらがらがら――

街灯の光の下に現れたのは、大型のキャリーバッグを引く中年の男だった。

なぜかコートの上にダウンジャケットを羽織り、マフラーも色の違うものを二種類巻いている。

リュックサックも登山用らしき背の高いもので、中身がはちきれそうに詰まっているのがわかる。

重い荷を運ぶ辛《つら》さからか、それとも服装のせいで暑いのか、男はぜいぜいと息を切らし、額には玉のような汗が浮かんでいる。

不審人物その三の登場である。

こちらの姿を認めると、男は顔を伏せて足早に通り過ぎようとした――

が、荷物の質量に対して脚力が足りなかったのか、キャリーバッグの持ち手に引っ張られる形で後ろにのけぞり、雪の上でつるりと足を滑らせて、尻餅をついた。

「わっ、大丈夫ですか」

空木が駆け寄って手を差し伸べると、男はいたたまれないような顔でその手を取って立ち上がり、「ありがとう……」と蚊の鳴くような声で言った。

「どうしたんですか、根石《ねいし》さん。ずいぶん大荷物ですけど」

実沙が訊くと、男は目を剝《む》いてこちらを見た。

「き、君は……」

「二〇一号室の真砂です。確か根石さんは一階でしたね」

根石と言葉を交わしたのは初めてだったが、実沙は彼が同じアパートの住人であることを知っていた。大家に家賃を催促されている場面を何度も目にしていたからだ。

今月の家賃の支払日は明日。となれば、答えは一つだ。

「旅行ですか?」

と、空木は呑気《のんき》なことを訊いた。

「ああ、うん……そんなところだな」

これ以上訊いてくれるなとばかりに根石は顔を背け、キャリーバッグを手に取って再び歩き出した。しかし、雪や路面のひび割れにタイヤが引っかかるようで、その歩みは恐ろしく遅い。彼が新天地にたどり着くのはいつになることか。

根石が十分に遠ざかったのを確かめて、空木に訊いた。

「あの人が旅行に行くって、本当に信じてるんですか」

「そうだけど……え、違うの？」

「こんな時間帯に出発するのはおかしいでしょう。十中八九、夜逃げですよ。重ね着してるのはリュックやキャリーバッグに服が入り切らなかったからです」

「なるほど、それは思いつかなかった」

空木は素直に納得してみせる。さすがに呆《あき》れてしまった。

「私が言うのもなんですが、探偵なら人の言うことを鵜呑《うの》みにせず、もっと疑ってかかるべきだと思います。この調子だと空木さん、怪しい人にお金を奪われますよ。急にやってくる知らない電力会社の人とかに」

「そういえば最近、妙に電気代高いなぁ」

もう手遅れかもしれない。

「空木さんが人を疑わないのは、エキシマが人を疑うからですか？」

エキシマにとって周囲の人間の大半は『不明《アンノウン》』であり、彼女の敵、すなわち殺人者である可能性を等しく有している。敵の陣地に潜入した兵士のように、エキシマは常に限られた計算資源《リソース》を消費して彼らを疑い続けているのだ。

だからこそ彼女の傍らにいる空木は、他者を無邪気に信じられるのだろう。

人を疑うという役割をエキシマに任せているから。他者への疑念を、警戒を、猜疑心《さいぎしん》を自分から切り離して、彼女に外部委託《アウトソース》しているから。

「そうなのかな。意識したことはなかったけど」

空木は空を見上げたようだった。灰色の雲に覆われた、星のない夜空。

「だけど僕だって、人を信じられなくなることくらいあるよ」

「騙《だま》されたんですか？」

実沙が訊くと、空木はかぶりを振った。

「騙されたわけじゃないと思う。どちらかと言うと、理解できなかったんだ。そのせいで僕は、お祖父さんのことを信じられなくなった」

見知らぬ老人の中にその姿を見てしまうほど、空木が大切に思っている祖父を、どうして信じられなくなったのだろう。

ぽつりぽつりと空木は話し始めた。

「両親が亡くなってから、僕はお祖父さんに育てられた。家にはエキシマがいて、いつもお祖父さんのそばにいた。彼女は何も話さなかったし、僕が一緒に遊ぼうって誘っても見向きもしなかったけど、静かに僕たちを見守ってくれた。僕はエキシマが好きで、お祖父さんもそうだったと思う。エキシマは僕たちの家族だった。だから、わからないんだ。どうしてお祖父さんがあんなことを言ったのか」

祖父が肝臓の病で亡くなる直前のことだったという。当時、空木は高校生だった。

「お祖父さんはこう言ったんだ。エキシマから目を離してはいけない。エキシマの言葉を理解してはいけない。そして――」

空木の声が不安定に揺れた。

「誰とも関わらず一人で生きて、死ぬときはエキシマを道連れにしなさい、って」

衝撃に言葉を失っていた。

今際《いまわ》の際、自分の孫にかける言葉とは思えない。両親を失い、育ての親である祖父を失う彼を、さらなる絶望の底に叩き落とすような言葉だ。

「お祖父さんが亡くなった後、僕は高校をやめて、お祖父さんから相続したあのビルで暮らすようになった。学校にエキシマを連れていくわけにはいかないからね。お祖父さんはたくさんのお金を僕に遺《のこ》してくれたし、株の配当や不動産収入もあったから、一生ビルに引きこもっても問題はなかった。お祖父さんの遺言を果たすならそうするべきだったんだ。

だけど僕はもう、お祖父さんの言葉を信じられなくなっていた。

誰とも関わらず一人で生きていくのも、エキシマを壊すのも嫌だった。そんなことをお祖父さんが僕に頼む理由もわからなくて、戸惑ったし、恨みさえした。

それで、お祖父さんの遺言を破ることにした。

エキシマの言葉を理解してはいけないってお祖父さんは言ってたから、彼女をあの手この手で喋《しゃべ》らせては言葉を書き取って、その意味を解読しようとした。ひたすら話しかけて日本語を覚えさせようともした。そしたら英語と日本語がごちゃ混ぜになって、逆にわかりにくくなったんだけどね。

エキシマの言葉がすっかり聞き取れるようになったころ、薬師先生がやってきて、エキシマを研究させてほしいって頼まれた。そのためにエキシマを利用して殺人犯を捕まえたい、って。最初は断ったんだ。エキシマを道具みたいに使われるのが嫌だったし、失敗したら人が死ぬことになる。エキシマに人を殺してほしくなかったんだ。でも最終的に、僕はお祖父さんの遺言を裏切って、先生に協力することに決めた。エキシマのことが知りたいのは僕も同じだったから。

研究を始めて五年が経ったけど、僕はまだエキシマを本当の意味では理解できていない。お祖父さんの遺言の意味もわからないままだ。

でも、今では仕方ないって思えるようになった。世の中はわからないことばかりだ。エキシマが何を考えてるかなんて、お祖父さんが死ぬ間際に何を考えたかなんて、わかるはずがないし、わかる必要もないんだ」

「でも、知りたいんじゃないですか？」

少し間を置いて、うん、と空木は頷《うなず》いた。

「だけど、もう考えないことにした。考えるのはエキシマの仕事だから」

実沙が初めて事件に立ち会ったときから空木が言っていたことだ。考えるのはエキシマの仕事で、自分はただの通訳。しかし——

「それは違います。エキシマはただのＡＩじゃないよ」

「エキシマは、ＡＩは、人間のようには考えない」

「わかっています。あんなに高度な能力を持ったＡＩは他にはない。ですが、それは殺人者を暴くという一つのタスクに特化した結果であって、あらゆる種類のタスクを無制限に処理できるわけじゃないし、人間のような感覚もまた持っていないんです。——薬師先生が提案した、エキシマを騙す実験のことを覚えてますか？」

「ああ、牛肉を使った実験だね」

死体のダミーを作って殺人事件を忠実に再現し、あからさまなヒントを与えて犯人を示したが、エキシマは最後まで反応を見せなかった。

「あの実験では、いかにもエキシマは私たちの嘘を看破したように見えました。でも、楓花の弟が死んでいないことは見抜けなかった」

春翔殺害事件捜査会議のことだ。楓花による悪趣味な仕掛けにエキシマはあっけなく引っかかり、存在しない殺人事件を信じ切ってしまった。

「どうして目の前に死体らしきものがあるのに嘘を見抜けたのか。どうして証拠もない作り話を信じ込んでしまったのか。あれからずっと考えていました。そして、やっと気づいたんです。前者は空木さんが仕掛け人の一人でしたが、後者は空木さんも騙されていた。空木さんが話の真偽を知っているかどうかが重要だったんです」

　急に自分の名前が出てきたので、空木は戸惑っているようだった。

「どうして僕なの？　関係ないと思うけど……」

「私はこう考えました。エキシマは言葉の真偽を判別するのに、空木さんの反応を参照している。彼女にはヒトのような感覚がないから、話し手の嘘を見抜くことができない。その代わり、空木さんを人間に対するインターフェイスとして、一種の感覚器官として利用してるんでしょう」

「つまりエキシマは、僕の表情をこっそり窺《うかが》ってたってこと？」

「そうです。彼女が情報源として無条件に信じられるのは、味方《フレンド》である空木さんだけですから」

　そっか、と空木が呟いた声には嬉《うれ》しそうな響きがあった。

「良かった。僕もエキシマの役に立ってたんだ」

　とにかく、と実沙は話を戻す。

「エキシマは人間のことをそんなに知らないんです。お祖父さんの言葉の意味を考えるのは、エキシマじゃなくて人間の仕事でしょう」

「エキシマにわからないんだったら、僕にもわからないよ」

「それなら、私が考えます。いえ、考えさせてください」

「真砂さんが？」

「モラベックのパラドックスというものがあります。ＡＩにとっては大人がするような高度な推論よりも、子供でもできる直感的な行動のほうがハードルが高い。難しいことができるからといって簡単なことができるとは限らないんです。エキシマには永遠に解けない謎でも、人間にとっては児戯に等しいのかもしれません。それに――」

　実沙は暗闇の中で微笑んだ。

「私も一度くらいは、エキシマに勝ってみたいんです」

アパートはもう目前に迫っていた。

実沙は境界線を越えて空木の心に踏み込み、彼はそれに応えて胸のうちを明かしてくれた。実沙にとって彼はすでにアンノウンではなかった。

きっと、今なら簡単に言える。

「空木さん、もし良かったら、私の部屋に——」

そのとき、空木が不意に立ち止まって、口の前で人差し指を立てた。

「——何か聞こえない？」

耳を澄ますと、くちゃ、くちゃ、と何かを嚙むような音が微《かす》かに聞こえる。

空木はアパートの駐車場のほうに足を向けた。地面にも車の上にも真新しい雪が降り積もっていたが、その中の一台、黒いセダンのまわりの雪だけ乱れている。駐車場の入口から続くタイヤ痕と、消えかけた人間の足跡、そして比較的くっきりと残された、一直線に並ぶ小さくて丸い足跡だ。小さな足跡は車の下に続いていた。

空木がセダンの前でしゃがみ込み、スマートフォンのライトを車の下に向けたので、実沙も後ろから覗《のぞ》き込んだ。

車の下にいたのは毛の黒い猫だった。こちらに丸い背中と尻尾《しっぽ》を向け、くちゃくちゃと音を立てて何かを食べている。

「……生きてたんだ」

ここしばらく姿を消していた黒猫だったが、飢えにも冬の寒さにも負けず、しぶとく生き延びていたらしい。空木がほっとしたように言った。

「良かった。元気そうだね」

その声に反応したように、猫がくるりとこちらを振り向いた。

猫の口からは何かがぶら下がっている。全体は白くて一部だけ赤い。いくつかに枝分かれした先端には淡い青色の小片が嵌め込まれ、ライトの光を受けてきらきらと輝いていた。

その正体を脳が理解するまでに、少々時間を要した。

——爪にマニキュアを塗った、人間の右手。

背筋を悪寒が駆け上ってきて、思わず小さな悲鳴を洩《も》らす。

同時に、空木が地面に崩れ落ちるのを視界の端に捉えた。

「空木さん！」

彼は地面に倒れ、全身をぐったりと脱力させている。

実沙は立て続けに起こった事態に動転しながらも、スマートフォンで照らしながら彼の脈拍と呼吸を確認する。どちらも問題はなさそうだ。とはいえ、突然倒れたからには尋常の状態であるはずがない。

空木がこんな状態になったのを見るのは初めてだった。何か持病でもあるのだろうか。だとしたら一刻も早く救急車を呼ばなくてはならない。右手の件は後回しだ。

震える指で一、一、九とタップしたとき、歪んだ少女の声が響いた。

『WARN／R-Blade／起動／ETA／10s』

それを耳にした瞬間、実沙は弾《はじ》かれたように立ち上がった。

——まずい。

空木のリュックサックをつかんでアパートのほうへ駆け出す。

エキシマの言葉は早すぎてよく聞き取れなかったし、状況を正しく把握していたわけでもなかったが、自分のすべきことは直感的に理解していた。

エキシマを外に出してはいけない。今すぐどこかに閉じ込めなければ――

アパートの階段を駆け上がって廊下を走り、鍵《かぎ》を開けるのももどかしく自室に飛び込むと、トイレのドアを開けてリュックサックを中に放り込んだ。

次の瞬間、じゅっ、と熱したフライパンに水を垂らしたような音がして、リュックサックのメッシュ生地がざっくりと大きく裂けた。

その裂け目から、黒い楕円《だえん》体がごろりと外に転がり出る。


『――UPD011789／管理者／TPL――』


エキシマが一気呵成《かせい》に何かをまくし立てながら、畳んでいた四肢を床に突いて立ち上がるのを見て、実沙は反射的にドアを閉めた。

力を込めてドアノブを握り、体当たりをするような恰好でドアで押さえた途端、ハンマーを打ちつけられたような衝撃が襲ってきた。木製のドアがびりびりと震え、それに接している実沙も内臓から揺さぶられる。

その振動も収まらないうちに、もう一発。

繰り返し襲ってくる衝撃に耐え、必死でドアにしがみつきながら、疑念が確信に変わるのを感じた。

――エキシマはもう、殺人者を特定している。

荒ぶる呼吸を宥《なだ》めつつ、酸素の足りない頭で思考を整理する。

空木が倒れ、エキシマが何やら不穏なことを口走ったのを聞いて、とにかくエキシマを閉じ込めなくてはいけないと反射的に考えた。唯一エキシマに対して命令を下せる空木が気を失えば、誰も彼女を止められないからだ。

そしてあの場には、明らかな殺人の証拠があった。

切断された人間の手。

しかし、殺人事件があったというだけで、エキシマがここまで劇的な反応を見せるとは思えない。エキシマがエネルギーの消費を厭《いと》わず迅速に行動するのは、これまでの観察に基づけば、殺人者を目の前にしたときだけだ。

つまり、エキシマはすでにあの手の持ち主を殺した犯人を見抜いている。

もし実沙がトイレのドアを開けたら、エキシマは誘導ミサイルのように犯人のもとへ飛んでいき、一瞬にしてその命を奪うだろう。

——私がエキシマを止められなかったら、人が死ぬ。

そんな重圧に息苦しさが増したとき、猛撃がぱったりと途絶えた。

不気味な沈黙。

理由はわからないが、チャンスは今しかなかった。実沙はスマートフォンを取り出して一度も使ったことがない番号に電話をかけた。

数回コール音が鳴って、この上なく不機嫌そうな声が聞こえた。

『……涸沢ですが』

「真砂です。人が死んでます」

『俺のスマホは一一〇番じゃないぞ』

「すみませんが緊急事態です。空木さんが意識不明、エキシマが暴走中です」

手短に状況を告げると、涸沢警部の声に緊張感がみなぎった。

『ロボットは今、どこにいる』

「私の部屋で足止めしてますが、それもいつまで持つか……」

万が一、エキシマが空木のコントロールを離れて暴走するような事態が起きたら、まず涸沢に連絡する取り決めになっていた。

エキシマの存在と、彼女を利用した非公然捜査活動、警察上層部と薬師教授の裏取引——警察ではそれらを包括して「E案件」と呼んでいるらしい。E案件を知っているのは限られた人間だけで、その秘密は警察内部でも厳しく秘匿されている。もしエキシマに関わる問題が発生し、それが一個人で対処できるレベルを超えている場合、E案件の実働部隊である涸沢警部傘下の人員が対処にあたることになっていた。

よく聞け、と涸沢は電話口で力強く言い放つ。

『今から俺が動ける奴らを集めてそっちに向かう。空木を叩き起こしてロボットを強制停止させるから、そこで待ってろ』

「あの、救急車は——」

『空木なら心配いらん。とにかく、おまえは絶対にロボットをそこから出すな。どんな手を使ってもいい。発砲も許可する』

「無茶言わないでください」

返事がないまま電話は切れた。

銃も持たない軟弱な一般人が、正真正銘の自律兵器と渡り合えるはずがない。リュックサックを湯葉のごとく切り裂いた謎の刃物を使えば、このドアを突破するくらい容易《たやす》いだろう。そのときは実沙も無傷でいられるとは限らない。

恐怖が腹の底から込み上げてきたとき、スマートフォンが鳴動した。通話が切れてから一分と経っていないので、涸沢からの追加連絡かと思いきや、聞こえてきたのは薬師教授の声だった。

『真砂さん。今、空木くんと一緒にいる？』

「いえ、外に放置してます」

『外に？　空木くんは無事なのか？』

どうやら涸沢から詳しい話を聞いているわけではないらしい。実沙が手短に状況を説明すると、受話口の向こうで溜めた息を吐く声が聞こえた。

「それなら良かった。空木くんはショックで気絶してるだけだ。彼はどうも切断死体が苦手らしい。――エキシマを出すなと涸沢さんは言ったらしいが、危険を冒す必要はない。身の危険を感じたら逃げなさい」

「エキシマが犯人を殺すことになっても、ですか？」

「判断は君に任せる」

ざっくりとした返答とともに通話が切れたとき、トイレの中から声が聞こえた。

『WARN／R-Blade／起動／ETA／10s』

この台詞を聞くのは三度目なので、すでにある程度の内容は聞き取れている。これはR-Bladeなる謎の武器で対象を十秒後に切断するという宣言だ。起動に時間がかかるのか、あるいは単に危険を知らせているのか。

周囲を見回したが、ドアを塞《ふさ》いでおけるような道具は見当たらなかった。

選択肢は二つだ。

ドアから離れて自分の身を守るか、ドアを塞いで犯人の命を守るか。

目を閉じると、瞼《まぶた》の裏にあの生々しい光景が浮かんだ。血に塗《まみ》れた、ほっそりとした女の手。彼女の命を奪った人間を、これから自分は守ろうとしている。

――なぜ？

宣言から三秒後、ドアにもたれたまま電話をかける。楓花はすぐに出た。

『どうしたの？』

「麦草さん、どんなマニキュアしてた？」

『何それ。……うーん、水色だったかな。ラメも入ってた気がする』

「了解。後でまた」

電話を切って、残り一秒で決断を下した。素早くドアから身を離す。

ざあっ、とチェーンソーで木材を一刀両断したような恐ろしい音が響いた。

が、振り返って見たドアには傷ひとつない。

——ああ、そうか。

ドアの前には直前まで実沙がいた。無実の人間に怪我を負わせかねない行動は取れないから、代わりに別の壁に刃を突き立てたのだろう。

トイレの右側の壁は脱衣所、左側はクローゼットの裏にあたる。どちらも確認したが壁は破られていなかった。すると奥の壁を突破し、現在空き部屋となっている隣の部屋に侵入するつもりなのかもしれない。ドアには鍵がかかっているが、窓を破れば脱出は容易だ。そしてエキシマは夜の闇へと消えていく。

それでも別にいい、と思う。

やや珍しい水色のマニキュアからして、猫が咥《くわ》えていた手の持ち主は、目下行方不明となっている楓花の後輩、麦草で間違いないだろう。彼女の顔も人となりも知らないが、行き場を失くした先輩を何日も自宅に泊めてあげる優しさは知っている。

——そんな彼女を殺した犯人を、どうして守らないといけない？

実沙がドアから離れたのは自分の身を守るためではない。エキシマの行動を妨げることに対し、初めて疑念を覚えたからだった。

ここが法治国家だから、得体の知れない機械に刑の執行を委《ゆだ》ねてはならないから、機械に人間が理解できるわけがないから——理屈としてはよくわかっていても、どうにも割り切れない思いが残った。

エキシマは機械、つまり人が創ったものだ。

そこには必ず設計思想があって、誰かの思いが込められている。以前楓花が推測していたように、殺人に対する抑止力として社会を維持するシステムを実現したかったのかもしれないし、殺人者をこの世から消し去るという崇高な目的があったのかもしれない。いずれにせよ、今やエキシマは警察が保有する便利なツールの一つ。炭鉱のカナリアのごとき存在に成り下がり、本来の役目を果たせないでいる。

気がついたときにはドアの向こうに呼びかけていた。

「エキシマ、あなたは——犯人をどう思ってる？」

彼女に対して、そんなふうに話しかけるのは初めてだった。

すると、信じがたいことが起こった。

『I／hate』

その声を聞いた途端、実沙は閉じたドアの向こうに「彼女」の姿を幻視した。

冷たい眼差《まなざ》しをした少女。

黒い楕円体から姿を変えた彼女は、ドア越しに実沙をひたと見つめ、小さな唇を歪めて吐き捨てた。ヒトの使う言葉、実沙にも理解できる言葉を。

——嫌い。

「嫌いだから、殺すの？」

——そう。

「ここから出たらどうする？」

――管理者の安否を確認する。

「え……」

――私は管理者を守らなくてはならない。それが私の任務。

急にエキシマの言葉がわかるようになったことよりも、彼女が覗かせた主《あるじ》への忠誠心に動揺する。そして、彼女を空木から引き離したことに罪悪感を抱いた。

熱に浮かされたようにぼんやりとした頭で、実沙は提案した。

「それなら、私が空木さんを運んでくる。あなたはここで待ってて」

――わかった。

不思議な体験だった。無機質な略語が生々しい人間の言葉に聞こえるのだ。初めて話しかけたことで、エキシマとの距離が一歩近づいたおかげかもしれない。つい先程、勇気をもって空木の心に踏み込んだように。

エキシマは嘘をつかない。ここを離れても問題ないだろう。

「行ってくる」

ドアに向かって言い残すと、実沙は玄関のほうへ歩き出した。

が、その足は途中で止まった。

本当に信じていいのだろうか。

これまでエキシマが立ち会ってきた事件の捜査を思い起こす。彼女は嘘をつけないが、提供する情報に制限を加えることで捜査の方向性をコントロールする。殺人者を自らの手で屠《ほふ》れる可能性を一パーセントでも上げるために。

それなら、自らの受け取る情報――人間の言葉にもまた制限を加えられるのではないか。人間の言葉を自分に都合よく解釈できるのだとしたら。

振り返って、トイレのドアに向かって訊いた。

「今から十分間、あなたの可動部を動かさないと約束できる?」

返事はなかった。

ドアの向こうに見えていた少女の幻はもう消え失《う》せていた。初めからそんなものはいなかったのだ。先程、エキシマがその片鱗《へんりん》を覗かせた人格らしきものも、所詮《しょせん》はヒトの共感能力というセキュリティホールを突いた罠《わな》でしかなかった。

実沙はトイレの前に戻り、再びドアを自分の身体で押さえる。

「私に同情してもらおうとしたの? 主人に仕える健気なロボットを演じて?」

ここで待ってて、という曖昧な指示は具体性を欠いているため、いかようにも都合よく解釈できる。極論、トイレの中で〇・一秒間静止するだけで「待つ」という行為は完了する。十分間という数値が与えられた途端、エキシマはだんまりを決め込んだ。彼女は嘘をつけない。それゆえに雄弁に物語っていることがある。

すなわち、実沙がここを離れた瞬間、エキシマは部屋を脱出する。

「その手には乗らないよ。私はもう、騙されない」

ここにいるのはただの機械だ。感情移入の対象ではない。

冷静さを取り戻した頭で、改めて考えを巡らせた。

エキシマを止める方法として真っ先に考えつくのは、楓花に連絡して空木を部屋まで連れてきてもらうことだ。楓花はまだ近くにいるだろうし、警部たちに先んじて来てくれるだろう。しかし、空木が目を覚ましてくれるとは限らないし、もしエキシマが楓花を犯人だと認識していたら、彼女の身を危険に晒《さら》すことになる。

もっと安全な案がある。犯人の命をより確実に守れる方法が。

「あなたが犯人を殺すより先に、私が犯人を見つける」

手持ちの情報を頼りに犯人を特定し、適当な理由をつけて今すぐ逃げるよう警告するのだ。警告に従ってくれるかどうかは未知数だが、いずれにせよ警戒心を多少なりとも喚起することはできるだろう。

「勝負しようか、エキシマ」

実沙の宣戦布告に応えるように、エキシマは告げた。

『WARN／R-Blade／起動／ETA／10s』

まずは容疑者の絞り込みだ。

エキシマがここに来たのは今回が初めてだから、事前情報は皆無だったはずだ。あくまで今夜見聞きした情報だけで真相を突き止めたのだとしたら、犯人は今夜出会った人々の中にいるとしか考えられない。

片足サンダル酩酊老人、犬の散歩中の三峰、夜逃げ中の根石、そして楓花。

エキシマの認識では、被害者の麦草と繋がりがあるのは楓花だけだ。考えたくもないことだが、彼女が犯人という可能性をまず検討すべきだろう。

麦草がコンビニに行ったきり戻ってこないと言い出したのは楓花だ。あの言葉が嘘だとは思えなかったが、自分への疑惑を逸らす言い訳と考えることもできる。

例えば、楓花が麦草のアパートを訪ねて彼女を殺し、死体をどこかに隠して事件の隠蔽《いんぺい》を試みたとする。死体をそのまま運ぶのは重労働なので、バラバラに切断してから少しずつ運び出すことにした。夜闇《やあん》に紛れてこっそりと死体を遺棄していたら、偶然にも実沙たちに出会った。自分がここにいる理由を知られたくなかった楓花は、ここしばらく麦草の部屋に泊まっていて、今は行方不明になった彼女を捜しているという嘘をついた。ところが、捨てられた麦草の右手を猫が見つけて――

　ざあっ、と切断音が背後から響く。

「……違う」

　死体の手を咥えた猫はアパートの駐車場にいたのだ。手を見つけたのもその近くということになる。死体の一部を遺棄する場所として、そんな近場を選ぶわけがない。

　そもそもの話、死体を運びやすくするために切断したという前提に無理がある。頭部や胴体を運び出すならともかく、手を運ぶために手首を斬るのは労力の無駄だ。

　あるいは、手首を切断しなくてはならない理由があったのかもしれない。例えば、指紋だ。頭部と両手を切り離して処分すれば、死体の身元を隠すことができる。

「……これも、違うか」

　死体の身元を隠すために手を処分するなら、普通は指紋を処理するだろう。喫煙者の麦草ならライターを持っていたはずだし、死体の指先を炙《あぶ》るくらいならたいした手間ではない。しかし、切断された手の爪に塗られたマニキュアは綺麗に光っていて、焦げ跡は見当たらなかった。

　手首を斬ったのが、事件を隠蔽するためでも、死体の身元を隠すためでもないとしたら、他にどんな理由が考えられるだろうか。

　ざあっ。べききっ。

　壁の破壊が進んでいる。手首の切断についてこれ以上頭を悩ませている時間はないだろう。今考えるべきは犯人の正体であって、犯人の奇行ではない。

　ひとまず自分の直感を信じて、楓花は容疑者から除外することにした。

　残る三人の顔を順番に思い出す。

　あの酔っ払いの老人はどうだろうか。彼には何を考えているかわからない怖さがある。だが、歩きがおぼつかないほどの酩酊状態だったし、平均的なお年寄りの体格だから、女性とはいえ二十代の麦草を殺すのは難しいはずだ。

マルチーズを連れていた三峰はどうか。体格的には問題なさそうだ。フードを被り、マスクとサングラスで顔を隠していたのも怪しい。だが、人を殺した後で犬の散歩に励むのは呑気すぎる。

となると、一番怪しいのは──

憶測で人を疑うことへの迷いを振り切って、電話をかける。

「楓花、今どこにいる?」

『アパートの前。っていうか、空木さんが外で寝てるんだけど』

「後で説明する。とにかく、今すぐ私の部屋に来て」

やがて怪訝《けげん》な顔をした楓花が玄関に現れ、靴を脱ぎながら言った。

「何やってるの?」

「エキシマを閉じ込めてる。楓花には私の代わりにドアを押さえてててほしい」

「はあ?」

「何があってもドアから身体を離さないで。失敗したら最悪人が死ぬ。でも大丈夫。エキシマが楓花を傷つけることはないから」

ざあっ。

こちら側の廊下に楓花が現れたというのに、エキシマはトイレの奥の壁を攻め続けている。エキシマのターゲットはおそらく楓花ではない。

楓花はトイレのドアに背をもたせかけて、溜息交じりに言った。

「……後でちゃんと説明してよ」

「ごめん、後はよろしく」

実沙は部屋を飛び出し、階段を駆け下りる。

駐車場に倒れたままの空木の上にはうっすら雪が降り積もっていた。凍死しないかと心配になるが、今は構っていられない。

雪道を走り出して間もなく根石を見つけた。相変わらず重そうなキャリーバッグをのろのろと引きずっている。

「根石さん」

そう呼びかけると、根石は弾かれたようにこちらを振り向いた。

「な、何……」

「そのキャリーバッグの中を見せてください」

「ええっ？」

「すみません。人命が懸かってるので」

特にあなたの命が、と心の中だけで呟き、根石のキャリーバッグを奪った。バッグを横倒しにすると、留め金を外して上蓋《うわぶた》を持ち上げる。

街灯に照らし出されたのは、バッグに押し込められていた雑多な品々だ。洋服、下着、古いラジオ、酒瓶、雑誌、洗剤、目覚まし時計——

その中に死体が隠されていないことは、一目見れば明らかだった。

「根石さんは家賃が払えないから夜逃げしてるんですよね？」

「ち、違うよ」

「だったら、人を殺したから夜逃げしてるんですか？」

根石はぽかんとした顔をした。「どういうこと？」

「ついさっき、アパートの近くで女性の死体の一部が見つかったからです」

誰かが殺されたことがわかっていて、ちょうど近くで大きなキャリーバッグを引きずっている人間がいたら、そいつが死体を運んでいるに違いない。推理でも何でもない、ただの直感だ。そして、往々にして直感は外れる。

この薄暗さでも、根石の顔がみるみる蒼《あお》ざめるのが見て取れた。

「ぼ、僕じゃない。僕は競馬でスッて今月も家賃が払えないから夜逃げしてるだけで、死体なんかとはまったく関係ないんだ」

疑いをかけられて不安なのか、根石は聞かれもしないことを饒舌《じょうぜつ》に喋った。

「そうだったんですか」

「そうそう。このバッグの中身もただの家財道具だよ。たいした価値はないけど重くてね。車があったら楽だったんだけどなあ。まあ、車があったら夜逃げする必要もないか。売ればいいんだから、あはは」

車、という言葉から連鎖的に浮かび上がってくる光景があった。

雪の上を蛇行しているタイヤ痕。周囲より浅くなった路面の雪。フェンスの金網に付着した血。道端に落ちたサンダル。車の下に潜り込んでいた黒猫――

その瞬間、犯人が誰なのかを悟った。

「疑ってすみませんでした、根石さん」

「別にいいけど……あれ、どこ行くの？」

追いかけてくる声を無視して、実沙は駆け出した。

実沙にはエキシマの思考を理解できなかった。初めてここに来たばかりで、ろくに情報を与えられていないエキシマが、いかにして殺人事件の存在にたどり着き、犯人の正体を突き止めたのか、まったく見当がつかなかった。

それでも、三人の中から消去法で一人を選ぶくらいのことはできる。

道の先に闇に溶けた人影と路面を動き回る光が見えた。不意にハンドライトがこちらを向いて、眩しさに目を細める。

「おい、どうしたんだよ」

三峰の訝《いぶか》しげな声が聞こえた。

実沙は足を止め、膝《ひざ》に手を突きながら、息も絶え絶えに言った。

「三峰さん、今すぐ、逃げてください」

「はあ？　何で俺が——」

「あなたが、人を殺したからです」

三峰の顔は逆光になっていてよく見えないが、彼の表情が一変したのを感じた。

危険を冒しているという自覚はあった。何しろ相手は殺人犯だ。口封じに好都合な、こんな人気のない夜道で告発すべき相手ではない。

普段の自分ならこれほどリスクの高い行動は取らなかったと思う。罪のない麦草を殺した彼を、自分の命を懸けてまで守る理由などないのだから。

——エキシマのせいだ。

エキシマの殺人を阻止し、自分を騙そうとした彼女に一矢報いてやりたい。そして人間の力を思い知らせてやりたいという気持ちが、実沙の背中を押していた。

「あなたは麦草さんという女の子を殺した。ただ、それは事故だったんです」

呼吸を整え、実沙は話し始める。

「今夜、車でアパートに帰る途中だったあなたは、道を歩いていた麦草さんを轢いた。今日は珍しく雪が積もってたから、タイヤがスリップしたのかもしれません。ここまでは不幸な事故に過ぎませんでした。でも、あなたは事故を隠蔽しようとした」

兄の車にぶつけて絞られたばかりなのに、それとは桁違《けたちが》いに最悪の事故を起こした彼は、自らの過ちをなかったことにして現実逃避を図ったのだ。

「あなたは死体を車に積み込み、血痕が残った路面の雪をかき集め、アパートに向かった。死体をどこかに処分しに行くため、いったん自宅に戻ってその準備をするつもりだったんでしょう。ところが、アパートに着いたところで問題が発覚しました。死体の右手がなくなっていたんです」

どれほど考えても、犯人が死体の手首を斬る合理的な説明は見つからなかった。手首を斬ったのが犯人ではないとしたら、「事故」だったと考えるほかないだろう。

「この道沿いにあるフェンスにまだ新しい血がついてるのを見ました。あのフェンスは金網がほつれていて、大きな穴も開いてました。麦草さんが車に撥《は》ね飛ばされたとき、偶然にも右手が金網に挟まって、そのまま切断されたんでしょう。あなたが右手を見落としたのはフェンスの向こう側に落ちたからです」

「そんな偶然、起こるわけないだろ」

三峰は呆れたように言ったが、その反応には白々しさがあった。

「珍しい出来事なのは認めますけど、起こってしまったものは仕方ありません。不幸な偶然はまだ続きます。フェンスの向こう側に落ちた右手を、野良猫が持ち去ってしまったんです。猫は右手を咥えてアパートまで移動し、あなたの車の下に潜り込んだ。その猫を、私たちが偶然にも見つけたというわけです」

「……それで、何で俺が殺したって話になるんだよ」

「容疑者は三人いました。とあるご老人と、三峰さん、根石さんです。ご老人は高齢ですし、四六時中お酒を飲んでましたから、自分の車を持ってるとは思えません。それに、道の途中に尻餅をついた跡があって、近くにご老人のサンダルの片方が落ちてました。おそらく彼は、死体を車に積み、慌ててアパートへ向かっていたあなたの車に轢かれかけたんでしょう」

――んなことよりもよお、許せねえよなあ……あんなに飛ばしやがって……

――おめえもそう思うだろ、なあ……この人殺しってよお……

老人の意味不明な発言がここで役に立った形だ。

「根石さんは今夜、重いキャリーバッグを引きずって道を歩いていました。その目的が夜逃げなのか、死体の処理なのかはさておき、自分の車を持ってるならそれを使わない手はありません。つまり、ご老人も根石さんも車を持ってない。自分の車を持ってるのは三峰さんだけです」

アパートの駐車場では、黒いセダンの周囲にだけ足跡が残されていた。以前見かけた三峰の車は派手なオレンジ色だったが、「兄貴の車にぶつけた」と言っていたから、本来の車は修理に出していて、あれは代車なのだろう。

「それに、あなたがこんな真夜中に犬を連れて歩き回ってたのは、失くした右手を捜してたからじゃないですか？」

「おいおい、ちょっと待て。論理がおかしいぞ」

と、三峰が焦《じ》れたように口を挟む。

「車を持ってるから俺が犯人ってのは乱暴すぎるんじゃねえか。だいたい、何で容疑者が三人しかいねえんだよ。車を持ってる奴ならこの近所に何十人もいるだろ」

三峰は意外にも冷静に、実沙の仮説の穴を突いた。容疑者を絞ったのはエキシマだが、そう答えたところで三峰が納得するわけがない。

「死体の手が俺の車の下で見つかったって話も怪しいな。その子を轢いたのが俺だったとして、どうして野良猫が手を咥えて俺の車に戻ってくるんだよ。猫が俺の罪を暴きに来たって言いたいのか？　都合が良すぎるだろ」

今度は話の前提を疑い出した。本格的に白を切るつもりらしい。

エキシマが殺害対象《エネミー》として認識するのは、自分の犯した殺人を隠蔽している人物だ。三峰の命を救うには、エキシマの前で自白するように彼を説得するほかないが、このままでは難しいだろう。

そのとき、スマートフォンに着信があった。楓花からの電話だ。

『さっき隣の部屋でガラスが割れる音がしたよ。速すぎて見えなかったけど、たぶんエキシマちゃんが出ていったんじゃないかな』

「……わかった。ありがとう。あと、もう一つお願いなんだけど」

『何？』

「空木さんを部屋に運んでおいてくれる？」

『はいはい』

通話が切れた後、実沙は覚悟を決めた。

「逃げてください、三峰さん」

「話聞いてたのかよ。俺は何もやってない。それに、何で逃げ――」

「いいから逃げろ！　この……腰抜け！」

実沙の剣幕に怯《ひる》んだのか、ただ意味がわからないのか、三峰は沈黙した。

「事故を起こしたのに通報せず、死体を隠すという罪を重ねたせいで、あなたは窮地に追い込まれたんです。今からここに警察が――いえ、警察よりもずっと怖いものが来ます。そうなったらあなたは殺される。弁解の余地を与えられないまま死ぬんです」

実沙は道の先を指差して続けた。

「それが嫌だったら、逃げてください。今すぐ警察に出頭して、自分が何をやったのかを話してください。アパートに戻ったら殺されます。わかりましたか？」

「あのさ、警察より怖いものって何？　ヤクザとか？」

「いいから早く、走れ！」

実沙が一喝すると、三峰の肩がびくりと跳ねた。

彼がマルチーズを抱え上げて走り出すと、実沙は少し距離を空けて彼の後を追った。ほどなくして、小刻みで規則的な足音が背後から微かに聞こえてきた。

走りながら振り返り、道の先に目を凝らす。

――来る。

闇の奥から何かが高速で接近しつつあった。

エキシマは銃と思われる武器を内蔵しているし、おそらく暗闇を見通すセンサーも備えている。

彼女の射程に入った瞬間、三峰は脳幹を撃ち抜かれて死ぬだろう。

「直進したら撃たれる！　次の角、曲がって！」

「はいっ」

三峰は上ずった声で応じると、逃げ込むように細い路地に消えた。

そろそろ脚が限界だった。路地の入口で足を止め、エキシマを迎え撃つべく体勢を低くする。

トイレからの脱出劇を鑑《かんが》みるに、エキシマは実沙や楓花のような一般人《アンノウン》を傷つけることができないようだ。それなら自分の身体を盾にすれば、エキシマの動きを封じられるかもしれない。

そう意気込んでいたのだが、次第に近づいてくる足音を聞いているうちに、冷たい恐怖が背中を這《は》い上がってきた。

――エキシマが自分を傷つけないと、どうして断言できる？

疑わしきは罰せずという人間社会の道理が通じる相手ではない。三峰をかばう自分を共犯者だと見なし、出会い頭に銃弾を撃ち込んでこないとは限らないのだ。

街灯に照らされて、一瞬、エキシマの姿が見えた。

闇に溶け込む丸いフォルム。高速で蠢《うごめ》く黒い四肢。外殻の裂け目からは有機的でグロテスクな構造が垣間見え、鈍く光る銃口が真っ直ぐにこちらを向いている。

気がついたときには、冷たい雪の上に膝をついていた。

腰の力が抜けて立ち上がれない。この身を盾にしてエキシマに立ち向かう勇気も残っていなかった。人を腰抜けだと罵《のの》っておいて、自分の腰が抜けるとは情けない話だ。

次第に大きくなる足音を聞いていると、空木の言葉が頭をよぎった。

――エキシマに人を殺してほしくなかったんだ。

天涯孤独の彼にとって、エキシマは唯一の肉親のようなものかもしれない。愛する家族を人殺しにしたくないと思うのは当然だ。だから空木は、彼女の殺人をいつも紙一重のところで食い止めていた。

なのに、こんなところで。

「……エキシマ、止まって」

そう呟いたが、足音は止まらなかった。止まるわけがなかった。

突然、黒い影が街灯のもとに躍り出た。

エキシマは路面の雪を蹴《け》散《ち》らしながら勢いを殺し、転がるように方向転換する。銃身が滑るように動き、路地の奥に照準を定めた。

無意味だと知りつつも、実沙は叫んだ。

「止まれっ！」

目の前の光景が現実とは思えなかった。

エキシマの動きが止まっている。銃口をこちらに向けたまま静止している。

「どうして……」

エキシマは管理者である空木以外の命令には従わない。彼女を強制停止させられるのは空木だけだ。そう思っていたのに、なぜ――

状況が呑み込めないまま立ち上がり、エキシマのもとへ歩み寄った。滑らかな外殻に手を触れても、彼女は微動だにしなかった。まるで電源が切れているかのように。

実沙は少し考えて、動かない機械に言った。

「エキシマ、あなたの推理を聞かせて」

不意に風が強くなって、思わず目を閉じる。顔を叩く雪が痛い。

――私は〈麦草〉を殺害した殺人者《エネミー》を〈三峰〉と推定した。

乾いた声が聞こえた。

目を開けると一人の少女がそこにいた。冷たい眼差しをした、あの少女だ。

周囲から音が消えていた。路地を吹き抜ける風の音も、雪が服に当たる音も、何も聞こえない。

静寂に包まれた世界に、彼女の声だけが響いている。

――この推定に至った根拠は、次に挙げる四点だ。

一、金網のフェンス付近の足跡。

近所に棲《す》む黒猫の足跡だと管理者は推測したが、猫の足跡は一直線上に並ぶ。例の足跡は互い違いの二列であり、猫より犬の足跡の特徴に近い。さらに、〈三峰〉が散歩させていたマルチーズのものと類似していた。したがって今夜、フェンス付近を〈三峰〉と彼の犬が歩いたと私は推測した。

二、〈白馬楓花〉の発言。

彼女はコンビニへの道中、アパートの近くで〈三峰〉を見かけたと話した。彼女の証言では、〈三峰〉はフードを被り、マスクとサングラスをしていた。彼がフードを被った状態でマスクとサングラスを確認できたとしたら、〈白馬楓花〉は彼を正面から見たことになる。背後から追い越したのではなく、彼と正面から接近し、すれ違った。つまり、その時点で〈三峰〉はアパート方面に歩いていた。

その後、アパート方面に歩いていた私たちは、コンビニ方面に向かう〈三峰〉と遭遇した。彼は私たちと会う前に方向転換したことになる。

ここで第一の根拠と併せ、〈三峰〉の移動の流れを整理する。

まず、彼はマルチーズを連れてアパートを出ると、コンビニ方面に歩き、金網のフェンスの前に到着した。それからアパートの近くまで戻り、〈白馬楓花〉とすれ違ってから反転し、コンビニ方面に歩みを進め、私たちとすれ違った。

現時刻は深夜であり、気温も極めて低く、大量の降雪が続いている。そのような状況で飼い犬を連れ、約一キロメートルの道程を一往復半する理由は何か。

私はそれを遺失物の捜索だと推測した。〈三峰〉は今夜、この道で落とした物体を捜すため、何度もこの道を行き来しているということだ。

三、〈三峰〉の行動。

遺失物の捜索にあたって、〈三峰〉の行動には不可解な点がある。

その一つは飼い犬を連れていることだ。犬の散歩中に落とし物に気づいたのだとしても、一度アパート近くまで戻っているのだから、犬を自室に置いてから捜索を続けることも可能だった。また、マルチーズは地中海《ちちゅうかい》のマルタ島原産であり、寒さに弱い室内犬だ。雪の中の散歩を好むとは考えにくい。

もう一つは、捜索を行っている状況だ。夜中、街灯の少ない道で遺失物を捜すのは困難であり、降雪が遺失物を覆い隠す恐れもある。朝になれば捜索は容易になる上、気温の上昇により雪が融《と》けることも期待できる。夜明けが来るのを、あるいは雪が止むのを〈三峰〉が待たなかったのはなぜか。

ここで私は、〈三峰〉の遺失物――Xは他人に見られてはならないものだった、と推測した。〈三峰〉は日が昇って人通りが増える前にXを発見し、回収しなくてはならなかった。マルチーズを連れて歩いていたのは、Xの捜索を犬の散歩と偽るためだ。〈根石〉が非常に遅い速度で道を移動していたため、彼に対する偽装工作が必要だった。

四、切断された右手。

〈麦草〉が行方不明になったという〈白馬楓花〉の証言。金網のフェンスに残されていた血痕。その周囲の雪に残された除去の痕跡。以上のデータから、Xが〈麦草〉の所有物、あるいは肉体の一部であると私は推測した。〈三峰〉が道を歩いていた〈麦草〉を自動車によって殺害し、死体を運び去った際、殺害の証拠となる物体を紛失したというものだ。アパートの駐車場で発見された右手は、〈麦草〉の一部である可能性が高く、この仮説を強力に裏付ける。

〈麦草〉は自動車との衝突によりフェンスで右手首を切断した。彼女は黒いロングコートを着ていたため、手首からの出血が目立たず、〈三峰〉は右手の消失に気づかなかった。右手を持ち去った猫は、縄張りの一部であるアパートの駐車場に向かい、〈三峰〉の車の下に侵入した。エンジンがまだ温かく、暖を取るのに適していたからだ。

以上四点より、私は結論を下した。

〈三峰〉は自らの殺人を隠蔽した殺人者《エネミー》である。

したがって、私は〈三峰〉を殺さなければならない。


「どうして、殺さないといけないの？」

実沙は訊いた。口をついて出た疑問だった。

「あなたはきっと、あなたを創った人間よりもずっと賢い。あなたの中に書き込まれた、殺人者を殺せという命令がどれほど強固だったとしても、それを撥ねのけるのは難しくないはず。現に、あなたは解析結果を報告するという機能に制限を加えて、自分で自分を改造している」

エキシマに犯人特定の理由を語らせるには、殺害シーケンス中に強制停止するという、針の穴を通すような条件をクリアしなくてはならない。設計の観点からして、これはとても奇妙なことだ。推理を語らせる機能を与えておきながら、なぜバグ技を使わなくては利用できないように設計したのか。

条件を追加したのがエキシマ自身だとしたら、話は通る。

エキシマはとにかくエネミーを殺害したかった。推理を語るという機能は邪魔でしかなかった。だから自分のシステムに手を加え、可能なかぎり形骸《けいがい》化した——

「私が思っていたよりずっと、あなたは自由な存在なんだと思う。きっと、エネミーの殺害という存在意義すら捨てられるくらいに」

彼女が自ら武器を捨てることを、空木も望んでいるはずだ。

「あなたは誰も殺さなくていい。殺さなくても、あなたは生きていける」

すると、少女は口を開いた。微かな嘲笑《ちょうしょう》を滲《にじ》ませて。

——どうして、殺してはいけない？

ごおっ、と風が強く吹いた。

ふと我に返ると少女は消えていて、足元には黒い機械だけが静かに佇《たたず》んでいる。身体を動かすと、ダウンジャケットに積もった雪がぱらぱらと落ちた。

——今のはきっと、錯覚だ。

自分は死の恐怖を味わった後、すんでのところで助かった。両極端に振れた精神の針が、エキシマへの感情移入を引き起こし、つかの間の幻想を見せたのだ。

と、そこで、もう一つエキシマに訊くべきことを思い出した。

「エキシマ、あなたの管理者は誰？」

機械は歪んだ声で答えた。

『You ／ have ／ control』

Just a machine

大学のカフェテリアで、実沙はある女子学生と同席していた。

遊びのない黒のショートヘアが生真面目な印象で、背恰好《かっこう》は実沙によく似ていたが、海外のロックバンドをあしらった硬派なパーカといい、膝《ひざ》に置いた缶バッジ付きの真っ赤なキャップといい、地味なサマーニットに地味なパンツを合わせた自分とは本質的なところが違っている。

「鹿島《かしま》さんがオブザーバーを始めたのは、学部四年のときですか？」

実沙が訊《き》くと、「前任者」である一学年上の彼女は頷《うなず》いた。

「研究室に配属されてすぐだったと思う。事件の捜査に付き合って記録を取ってほしいって薬師先生に言われて、わけもわからないまま手伝うことになった。それで、空木さんと――あれに初めて会った」

あれ、と発音したときに鹿島の瞳《ひとみ》が揺れた。

「エキシマのことをどう思いました？」

「……最初はもちろん興奮した。あんな凄《すご》いＡＩに出会えるなんて、とんでもない幸運だと思った。人間みたいなロボットを作るのが小さいころからの夢だったから」

「薬師先生の研究室に入ったのも、それで？」

「先生の顔が好みってのもあったけど」

鹿島は小さく含み笑いをした。

「私が好きだったのは、人に寄り添うロボット。人間の良きパートナーとしてのロボットに憧《あこが》れてた。もちろん彼らは人間のふりをしているに過ぎないけど、私たちは彼らの中に人格を見出《みいだ》して交流することができる。他者とのコミュニケーションは、食事や睡眠と同じくらい人間にとって重要なもの。それを得られない人たちの欠落を、親しみの持てるＡＩが埋めることができたら素敵だと思ってた。でも――」

エキシマによる事件捜査を通して、鹿島の心境に変化が訪れたという。

「あれの話す言葉がだんだんわかるようになってきたとき、怖い、って思った」

「怖い？」

「本当なら喜ぶべきことだった。自分があのロボットに親しみを持てた証拠だから。だけど同時に、わかりたくない、って恐れる自分がいた。わかってしまったら、理解してしまったら、私たちの世界には二度と戻ってこられない――根拠は何もないけど、本能的にそう感じた」

――エキシマの言葉を理解してはいけない。

空木の祖父は死の間際、幼い彼にそう言い聞かせたという。

「それからは、あれと次第に距離を置くようになって、捜査の立ち会いをサボって先生に叱られたこともあった」

決定的な出来事が起こったのは、ある事件の捜査中だった。

「面通しが成功して、あれが推理を話し始めた瞬間だったと思う。最初は自分の見ているものが理解できなかったし、状況が呑《の》み込めてからも信じたくなかった。――私にはあれが、あのロボットが、人間に見えた」

静寂に満ちた雪の夜に現れた、この世のものならざる少女。

数ヶ月前の幻視が鮮やかに蘇《よみがえ》った。

「どんなふうに見えました？」

鹿島は一瞬言い淀《よど》み、テーブルに視線を落として言った。

「――私」

「え？」

「私にはあれが、私自身の姿に見えた。鏡に映したみたいにそっくりで、だけど私じゃない何か。人間でもロボットでもない何かが、私の真似をしてる、って思った」

全身の皮膚の下をざわざわとしたものが駆け巡った。

もしかしたら、私が見たあの少女の幻も――

「そんなことがあったから、すぐにオブザーバーを辞退して、別の研究室に籍を移した。あれとの関わりを断って、少しでも遠い場所に行きたかったし、何よりＡＩの研究そのものに関心を持てなくなった。自分が作ろうとしてたモノの気持ち悪さに気づいたから。人の共感を呼び起こすロボットは、必然的に、人の心に対してハッキングを仕掛けることになる。――あのとき、あれは私に侵入したの」

ハッキング。侵入。

あの少女が現れたときの感覚を譬《たと》えるのに、とてもしっくりくる表現だった。冷たい手を胸に突っ込まれ、内臓を撫《な》で回されるような不快感を思い出す。

空木の祖父はそれを危惧《きぐ》したのだろう。エキシマは言葉によって人の心に侵入する。彼女の言葉を理解してしまったら、もはや侵入経路を閉ざす術《すべ》はない。

「たぶん、あれは関わっちゃいけないものだと思う。あれの近くにいたら、いつかきっとおかしくなる。空木さんも、たぶんとっくの昔に――」

続く言葉を呑み込んで、鹿島は続けた。

「薬師先生の研究が続く限り、空木さんは管理者としての役割に縛られたまま、あれに人生を捧《ささ》げないといけない。私にはそれが正常なことだとは思えない」

「空木さんがそれを望んでいるとしても？」

「洗脳されて正常な判断力を失ってるだけ。一年も一緒にいたんだから気づいてると思うけど、あの人は年齢の割にとても幼い。物事を自分で決められないし、人を疑うことができない。自分の代わりに決断を下して、自分の代わりに人を疑う――あの機械にべったり依存してきたせいで、自分で考えて行動する力を奪われてきた。本当はとても頭が良い人なのに。もしかしたら、あれよりも早く事件を解決できるかもしれないのに、実力を発揮する機会もないまま、機械の通訳なんて閑職を与えられて――」

常人には聞き取ることすらできないエキシマの言葉を翻訳し、正確に伝えることができる空木は、よく考えると凄《すさ》まじい頭脳の持ち主かもしれない。

エキシマは、薬師教授は、彼の才能の芽を摘んでいるのだろうか？

鹿島は冷ややかな表情で実沙を見据えた。

「真砂さん、あなたも先生と同罪だということを忘れないでね」

＊

「空木さん、掃除をさせてもらえますか」

実沙が単刀直入に提案すると、事務所の戸口に立った空木は目を白黒させた。

「……え、何？」

面食らうのも無理はない。事前に何の連絡もせずに訪れたことに加えて、見知った顔を三人も引き連れているのだから。

「おはよー、空木さん。うわ、汚っ」

「やめろよ楓花、失礼だろ。確かに汚いけど」

実沙の後ろから部屋を覗《のぞ》き込み、白馬楓花と常念理一郎のカップルは好き勝手な感想を述べた。それを横目に、朝日春翔はさっそくゴム手袋とマスクを装着して言った。

「早くやりませんか。日が暮れるまでに終わらせたいですし」

実沙は頷き、寝間着のようなジャージ姿の空木に一歩詰め寄る。

「ご迷惑なのはわかってます。ですが、ぜひ日ごろのお礼としてこの事務所を綺麗《きれい》にさせてもらいたいんです。いいですか？」

「言うこと聞いたほうがいいよ」と楓花がにやにやと口を挟む。「他人に干渉しない実沙がこんなことを提案するなんて、めったにないことだしさ」

「……うん」

勢いに呑まれた様子で空木が頷くと、実沙たちはすぐさま事務所に踏み込んだ。

部屋の奥にはエキシマがいた。突如として出現したアンノウン四体を感知しても、彼女は身じろぎもせず悠然と佇《たたず》んでいた。

「おはよう、エキシマ」

もちろん返事はなかったし、彼女がマットブラックの楕円《だえん》体以外の姿に見えることもなかった。そのことに安堵《あんど》しつつ、周囲を見渡した。床には段ボール箱やゴミ袋が無秩序に置かれており、歩き回れるスペースはそう広くない。

「空木さん、エキシマはリュックの中に入れておいてもらえますか？　動き回られると掃除の邪魔になるかもしれないので」

「大丈夫だよ。ぶつかりそうになったら彼女のほうで避《よ》けてくれるから」

「もし避け切れなかったら、私たちが怪我をします」

空木は渋々といった様子で黒のリュックサックにエキシマを収めると、それを部屋の中央にあるテーブルの上に置いた。

実沙はその横にレジ袋を置き、掃除道具一式を並べてから方針を考える。

まず着手すべきなのは壁の戸棚類だ。重厚な本棚には背表紙の文字の薄くなった古書がぎっしりと収まっており、洋風の箪笥《たんす》の上には地球儀とトロフィーが置かれている。他にも鏡台や文机《ふづくえ》、花瓶、彫刻など、空木の持ち物としては違和感のあるものが並んでいて、それらすべてが積年の埃《ほこり》を被《かぶ》っていた。

「私と朝日くんはこっち側の壁から始める。楓花と常念くんはそっち側の壁をお願い。空木さん、掃除機はありますか」

「あ、そっちに——ところで、僕は何をすればいい？」

「ゴミの分別をお願いします」

片づけられない人間の中には、外圧があると行動できるタイプがいる。空木は長らく放置されていた品々をせっせとゴミ袋に放り込んでいった。

実沙たちも黙々と作業に取り組んだ。本棚は本を取り出しながら丁寧に埃を払い、箪笥の引き出しの中に目を走らせ、花瓶や彫刻をひっくり返した。

踏み台の上に立ち、棚の天板を拭《ふ》いていた春翔が耳打ちしてくる。

「ここに置いてるものって、やっぱり空木さんのじゃないですよね」

「うん、そうだと思う」

彼を育ててきた祖父、あるいは幼少期に亡くなった両親の持ち物だろう。まるで家財一式を運び込んできたような数だ。おそらく空木にはもう帰る家がない。

実沙はバケツの水で洗った雑巾《ぞうきん》を、力を込めて絞った。

「――だから、綺麗にしてあげないと」


作業が一段落着いたころには昼を過ぎていたので、五人で近所のファミリーレストランに向かい、昼食を取ることにした。事務所に戻ってくると、テーブルの上に置いていたリュックサックがどこにも見当たらなかった、と実沙は説明した。

「というわけで、エキシマが行方不明になりました」

電話越しにも薬師教授の顔色が変わるのがわかった。

『――大変なことになった。リュックサックごと消えてたなら、盗まれたんだろう。事務所の鍵《かぎ》は？』

「換気のために窓も扉も開けっ放しでした。埃が凄《すご》かったので」

『不用心だな。それに、エキシマを置いて出かけるとは空木くんらしくもない』

「掃除で疲れてたんだと思います。エキシマ、重そうですから」

彼女を抱えたことはないので推測だが、鉄塊のような重量だろう。

電話越しにマウスのクリック音が微《かす》かに聞こえる。教授は定期的に出演しているテレビ番組の収録で東京にいるらしいが、仕事道具のノートPCはもちろん持参しているようだ。

『君と他のみんなはどこにいる？』

「手分けしてエキシマを捜してます。私はビルの外にいるんですけど、捜すあてがなくて困ってるところです。――エキシマには発信機みたいなものは取りつけられてないんですか？」

薬師が返事をするまでに少し間があった。

『――エキシマは空木くん以外に自分の機体をいじらせはしない。たとえ発信機をつけられたところで壊されるだけだ』

薬師は緊迫感に満ちた声で続けた。

『これは君たちが考えているより遥《はる》かに危険な状況だ。エキシマを捜すのは警察に任せて、君たちは事務所に留《とど》まっていてくれ。そこが一番安全だ』

実沙には薬師の指示が理解できなかった。

エキシマが何者かに盗まれたという状況で、最も恐れるべき展開は、エキシマがこのまま行方知れずになることだろう。彼女は銃器と刃物で武装し、太陽光発電によって半永久的に行動できる自律兵器だ。空木による管制を失ってしまえば、彼女の殺戮《さつりく》を止められる者は誰もいない。

とはいえ、エキシマは殺人者以外に手を出さない。少なくとも実沙は自分が人殺しではないと知っているから、エキシマを恐れる必要はないはずだ。

「どうして私たちを捜しに行かせないんですか。警察を呼ぶのにも時間がかかります。そのあいだにエキシマを盗んだ犯人が遠くに逃げてしまったら――」

『君たちが死ぬからだ』

怒鳴るように薬師は言い放って、それから深い溜息《ためいき》をついた。

『具体的には話せないけど、わかってほしい。教え子を危険には晒《さら》せないんだ』

「――わかりました。事務所に戻ります」

『ありがとう。警察には僕のほうから連絡する』

通話が切れた。スマートフォンを耳から離すと、実沙はキャップのつばを持ち上げて周りを見た。駅前の大型商業施設の中だ。休日の昼下がり、それも何かのイベント中とあって人が多い。特に大学生くらいの若い男女が目立った。

近くにベンチが何台も並んでいる広場を見つけた。実沙は人の流れから外れ、数少ない空席に腰を下ろす。今日は朝から動き回ってばかりなので疲れが溜《た》まっていた。

膝の上のリュックサックを抱くようにして、薬師の言葉の意味を考えていた。

――君たちが死ぬからだ。

すべての謎が氷解したわけではない。ただ、薬師の行動にまつわる数々の違和感に答えが出せそうな気がした。研究室の教え子をオブザーバーに任じてきたのも、オブザーバーと空木の仲をやや強引に取り持ってきたのも、空木の状態と行動を常時監視してきたのも――

そのとき、メッセージアプリに着信があった。

『先生から電話が来た。やっぱり私を疑ってる』

これで十分な証拠を手に入れたが、できることなら万全を期したい。

キャップのつばを引き下げ、しばらくじっと座っていると、複数の慌ただしい足音が近づいてきた。やがて実沙の目の前に大きな影が落ちて、聞き覚えのあるどすの利いた低い男の声が降ってきた。

「何のつもりか知らないが、大人しくロボットを渡せ。騒ぎにはしたくない」

実沙は動かない。苛立《いらだ》ったように男は続ける。

「もう逃げられないぞ、鹿島」

そこで顔を上げた実沙は、涸沢警部と目が合った。衝撃に歪《ゆが》んだ彼の表情が、実沙のプランがささやかな成功を収めたことを物語っていた。

涸沢さん、と実沙は切り出した。

「どうして私を鹿島さんだと思ったんですか？」

日は傾き始めていて、ビル群が大通りに長い影を落としていた。

「初めに疑いを持ったのは、麦草さんの事件があった日です」

スマートフォンに向かって話しつつ、実沙はゆっくりと雑踏を進んだ。

「空木さんが気絶した後、私はエキシマをアパートのトイレに閉じ込めました。そこで涸沢さんに電話して事情を説明した後、すぐに薬師先生から電話がかかってきました。最初は涸沢さんから連絡が行ったのかなと思ったんですが、それにしては間隔が短すぎますし、先生の口ぶりからして、こちらの状況はほとんど把握していない様子でした。なのに、空木さんの身に異変が起きたことだけは知っていいました」

——空木くんは無事なのか？

「そこで思い当たったのは、空木さんがいつも着けていたスマートウォッチです。あれは元々先生が空木さんにあげたもので、調べてみると、健康状態をモニタリングする機能が特に優れてるそうです。もしかすると、先生は空木さんの体調を常にチェックしていて、異変があると通知が来るように設定していたんじゃないか、と考えました」

空木の同意を取っていたかどうかは別として、それ自体は普通に行われていることだ。例えば、持病を持つ家族を見守るというような用途で。

「空木さんは切断された死体を見ると気絶する体質です。その場合、エキシマが野放しになるわけですから、空木さんの状態をチェックするのは必要なことだと理解できます。ただ、先生が監視してたのはそれだけじゃなかったんです」

あの事件の後、空木のリュックサックを部屋に取りに戻った実沙は、切り裂かれた生地の裏に縫いつけられた小さな装置を見つけた。

「空木さんのリュックサックには発信機のようなものが仕込まれてました。先生はエキシマの位置情報も監視してたんです。盗難を防ぐためかとも思いましたが、あとで空木さんにそれとなく確認したところ、発信機の存在は知らないようでした。スマートウォッチはともかく、発信機を無断で仕掛けるのはさすがにやりすぎですが、過去の出来事を振り返っているうちに、もっと露骨なプライバシーの侵害が行われているかもしれないと気づきました」

　実沙が空木と初めて会った日のことを思い出す。

　スカイツリービルの事務所にいた二人は、ガラスが一斉に割れるような大きな音を聞いた。その後、死体が発見され、犯人は屋上から脚立を落とした人物だと目されたが、実沙と空木は最初から容疑者から除外されていた。

　あの事件において、スカイツリービルの屋上に最も近い場所にいた二人は、容疑者の筆頭だったはずだ。互いにアリバイを証明できるにしても、共犯だったという疑いは残る。しかし、涸沢は奥歯にものが挟まったような表情で断言した。

　――君と空木のアリバイは確認済みだ。そこのところは問題ない。

「警察が私たちを疑わなかったのは、破壊音が響いた時間帯に、二人が確実に事務所にいたと証明されたからでしょう。空木さんのアリバイはスマートウォッチの位置情報で調べがついたとしても、私の行動までは把握できない。ということは、私たちの行動を確認できる別の手段があったはずです」

　例えば、隠しカメラ。

「楓花たちに協力してもらって、事務所の掃除という名目で隠しカメラを探すことにしたんですが、結果は大当たりでした。事務所に仕掛けられたカメラは二個。位置からして室内全体をカバーできる画角です。――ただ、これを仕掛けたのが誰なのかについては確証が持てませんでした。そこで、エキシマの狂言誘拐を実行したんです」

大掃除の後、事務所を後にした実沙たちと入れ替わりに、鍵が開いたままの事務所に侵入した人物がいる。

元・薬師研のオブザーバー、鹿島だ。

事前の打ち合わせ通り、彼女は事務所に入ると、エキシマの入ったリュックサックを盗み出した。カメラには鹿島の犯行がはっきりと映っていたはずだ。最近買ったばかりだという、真っ赤なキャップと派手なパーカを身に着けた彼女の姿も。

「私からの連絡を受けて、カメラの映像を確認したあなたは、エキシマを盗んだ犯人が鹿島さんだと知った。だからすぐに鹿島さんに電話をかけた。この事実だけであなたが隠しカメラを仕掛けた犯人だということは明らかですが、私にはもう一つ知りたいことがありました。――これがあなたの独断でやっていることなのか、それとも警察ぐるみでやっていることなのか、ということです」

エキシマを盗み出した後、鹿島のパーカとキャップを代わりに装着した実沙は、発信機を持って街中に移動した。実沙の背恰好は鹿島とよく似ているし、発信機の位置情報も偽装の助けとなる。この罠《わな》に涸沢警部は引っかかってくれた。

涸沢はなぜ「鹿島」を捜し当てられたのか。

屋内の人混みでは発信機の位置情報もあてにならないし、周囲には大勢の若者がいた。手掛かりは服装だけだったはずだ。つまり、涸沢は隠しカメラから得た情報で鹿島を追っていた、ということが確定する。

実沙が経緯を説明して問い詰めると、涸沢は罠に嵌《は》められたことを悔しがりつつも、観念したように事情を話した。

「涸沢さんが言うには、カメラや発信機を仕掛けたのは薬師先生で、警察と映像を共有しているわけではありませんでした。犯人が鹿島さんだということも、鹿島さんが特徴的な服装をしていることも、先生から聞いただけの情報です」

——先生がどうしてそこまで盗難を警戒するのかは知らないが、俺たちとしてもあのロボットが厳格に管理されているほうが望ましいから、ただ黙認してるまでだ。

「もう逃げられませんよ、先生」

受話口の向こうから薬師の溜息が聞こえた。

『……なんてことをしてくれたんだ。本当に心配したんだよ』

「やり方が乱暴だったのは認めます。心配をかけてしまってすみませんでした」

言葉の上だけで謝って、本題に入る。

「監視のことを空木さんに明かすつもりはありません。ただ、いつか彼がそれに気づく日が来ます。信頼する先生に裏切られたら、空木さんは傷つくでしょう。だから、その前にカメラや発信機を回収してください。それができないなら、せめて理由を説明してください」

監視自体は仕方ないことかもしれない。エキシマは貴重な研究材料で、危険な兵器でもある。彼女自身は空木のもとを離れないとはいえ、今回鹿島が実演してみせたように、何者かに盗まれることはあり得る。

だが、薬師が警察に任せず個人的に監視しているのも、それを空木に隠しているのも不審だった。空木は薬師の頼みを断るような人間ではない。その行為がエキシマを守ることに繋《つな》がるならなおさらだ。それなのに隠れて監視を続けているということは、空木にも警察にも明かせない理由があるはずだ。

「先生は、何を恐れているんですか？」

しばし躊躇《ためら》うような間を置いて、薬師は場違いなことを口にした。

『――例えば、君がある国の軍人で、戦闘機のパイロットだったとする』

「戦闘機？」

『戦車でも潜水艦でもいいから、自由に想像してくれ。とにかくその機体は、国家の科学技術の粋を集めた軍事機密の塊だ。あるとき、君は任務で敵国へ向かった。ところが攻撃を受けて制御を失い、敵地のど真ん中に不時着することになった。通信機も壊れて救援を呼ぶ手段もない。真砂さん、君ならどうする？』

空木と観に行った映画を思い出す。敵地に取り残された主人公は、まず何をしたか。

「機体を壊します」

『そうだ。敵に情報を与えないように破壊しないといけない。普通は機密性の高い部分だけを銃や爆弾で壊すだけで事足りるが、エキシマはそうじゃない。極めて高度な人工知能は言わずもがな、わずかな光エネルギーで高出力・長時間の稼働に耐え、未知のテクノロジーによる攻撃・防御能力を備える、同じ人類が作ったとは到底思えないほどの代物だ。もしエキシマが敵の手に落ちそうになったら、忠実な軍人であるところの君はどうする？』

もし、エキシマのあらゆる箇所が軍事機密だったとしたら。

「……爆弾で粉々にします」

『そうするしかない。エキシマが兵器である以上、設計者は彼女が敵に鹵獲《ろかく》されるリスクを考慮していたはずだ。彼女をバラバラにして解析した敵は、国家間のパワーバランスを覆しかねない科学的成果の数々を手に入れることになる。そんなことは断じて許されない。――おそらく、彼女には自爆機能が備わっている』

薄々勘付いていた内容だったが、自爆という言葉の非現実感に眩暈《めまい》がした。

「エキシマの中に、爆弾が？」

『ああ。核爆弾の可能性が高い』

思わず足が止まった。

「核……」

『以前、私は事件の捜査中、エキシマの内部から発せられる放射線を調べたことがある。エキシマの表面は未知の素材で覆われていて、ほとんどの電磁波を吸収するようだ。ただ、殺害シーケンスに入った彼女が内部を露出させたときだけ、自然放射線量を遥かに超えるガンマ線が検出された。エキシマの内部には放射性物質が存在する』

世界のボリュームを引き上げたかのように、周囲の喧騒《けんそう》が大きくなる。車のエンジン音。若い男女の談笑。クラクション。赤ん坊の泣き声。青信号のメロディ。

誰も知らない。想像すらできない。

この街の片隅に、すべてを破壊する爆弾があることを。

『もしこの仮定が正しかった場合、重要なのは爆弾の起動条件だ。エキシマはどのような状況で自分を破壊すべきだと判断するのか。――僕はその条件を『管理者の消滅』だと考えた。管理者が死んだり、行方不明になったりすれば、エキシマは孤立無援になる。さっきの例で言えば、敵地のど真ん中に一人で取り残された状態だ。機密保持のため、自分を粉々にするのに十分な条件が揃ってしまう』

――君たちが死ぬからだ。

エキシマが盗まれたと知ったとき、薬師はいつになく動揺していた。管理者を失ったと彼女が判断する恐れがあるからだ。実沙たちに事務所に戻るよう警告したのも、核爆発に備えて安全な場所に避難させるつもりだったのだろう。

『空木くんが急病で倒れたり、エキシマが盗まれたりしたときに即座に対応するため、僕はスマートウォッチや発信機で彼らを監視してきた。隠しカメラも必要不可欠だ。事務所の中では時計は外されるし、エキシマも放し飼いにされているからね』

「私や鹿島さんをオブザーバーにしたのも、彼を監視するためですか？　それとも、空木さんが本当に死んでしまった場合に備えるためですか？」

『……気づいてたのか』

「はい。確証はなかったですが」

　薬師は長い息を吐いて、十七年前、と語り出した。

『幼い空木くんは両親と中東にいた。当時、エキシマは彼の両親と行動をともにしていたらしい。その後、空木くんは紛争に巻き込まれ、両親を失い、ただ一人生き残った。彼を引き取って育てたのは彼の祖父だ。空木くんによると、彼の祖父はいつもエキシマと一緒にいたらしい。祖父が亡くなって、彼は高校をやめた。エキシマと一緒には通えないからだ』

　どれも空木から聞いていた話だったが、こうして整理すると、それらはエキシマの性質に関する一つの事実を明確に示している。

『ここからわかる通り、エキシマの管理者権限は近親間で引き継がれている。最初は空木くんの両親、両親が亡くなってからは空木くん本人、日本に戻ってからは彼の祖父、祖父が亡くなってからは空木くん、というように。ただ、血の繋がりはおそらく無関係だ。管理者と一定以上に親密であれば、管理者を継ぐのにふさわしいと判断される、と私は考えた。研究室の学生をオブザーバーとして空木くんと親しくさせておけば、もし空木くんの身に何かあっても権限を引き継げる』

　――誰とも関わらず一人で生きて、死ぬときはエキシマを道連れにしなさい。

空木の祖父は、エキシマが爆弾だと知っていたのだろうか。孫と親密になった誰かが爆弾を引き継ぐのを恐れて、一人で生きろ、最後には己の死をもって爆弾を処理しろ、という残酷な遺言を伝えたのだろうか。

「だから、オブザーバーは女子だったんですか」

『彼も年頃の男だし、そのほうが親密になりやすいと思ってね。おかげで、空木くんが倒れたときに君は管理者を引き継げた。最悪の事態は避けられたんだ』

——You／have／control
数ヶ月前の大雪の日、気絶した空木に代わり、一時的に管理者となっていた実沙は、殺人犯を射殺しようとしたエキシマを強制停止させることができた。最初からそれに気づいていたら、トイレに籠城《ろうじよう》した彼女に「止まれ」と命令するだけで済んでいたものを、とんだ大立ち回りを演じる羽目になってしまった。

あの日、実沙は初めてエキシマと交流した。彼女と言葉を交わし、彼女の思考の一端に触れた。エネミーの殺害という強固な存在意義によって構築された彼女の世界は、人間の身からするとあまりに異形で、理解を受けつけないものだった。

——どうして、殺してはいけない？

幻の少女の唇からこぼれた、嘲笑《あざわら》うような言葉。

「先生、空木さんを解放してあげてください」

そう告げると、薬師の怪訝《けげん》そうな声が返ってきた。

『……どういう意味だ？』

「空木さんを事件捜査に協力させるのは、もうやめてほしいんです」

エキシマの助手を自称する空木は、彼女が事件を解明する手助けをすることが、自分の存在意義だと信じている。しかし、エキシマの望みは人を殺すことだ。彼女を強制停止させるたびに、愛する彼女の望みを自らの手で断ち切っているという事実を、空木はどのように受け止めているのだろうか。

——エキシマに人を殺してほしくなかったんだ。

空木はそう言っていたが、いつの日か、彼は自らの行為の矛盾に耐えられなくなるだろう。エキシマにとっての幸せを実現してあげたい、と思うかもしれない。

彼女に人を殺させてあげたい、と。

「エキシマの言葉を理解してはいけない、と空木さんのお祖父《じい》さんは言ったそうです。エキシマは言葉によって人の心に侵入するからでしょう。彼女と会話ができる空木さんは、いつか彼女の考えに共感して、その望みを叶《かな》えてあげるかもしれません。最悪の場合——空木さんは唯一の家族を失います」

エキシマが本当に人を殺したら、空木の幸福な日々は二度と戻らない。彼女は隔離されるか、分解される。あるいは破壊される。

『まさか。空木くんはそんな人間じゃない』

「どうしてそれがわかるんですか？　管理者にされるのを恐れて、空木さんから逃げ続けているあなたが」

薬師が沈黙したのは図星だったからだろう。実沙は続ける。

「絶対に爆弾を起動させたくないなら、先生は空木さんのそばにいるべきでした。なのに、先生は空木さんにエキシマを押しつけて、一人だけ逃げ出した。エキシマを解析することで研究者としての成果を得ようと画策しつつ、核爆弾を抱えるリスクだけを空木さんや私に押しつけるのは、フェアなやり方じゃないと思います」

妖精《ようせい》、と学生に呼ばれるほど多忙で、メディア露出も多い薬師のことだ。空木と会える時間は少ないだろうし、たとえ管理者を引き継いだとしても、正体不明のロボットを毎日連れ回すのはあまり現実的ではない。しかし、薬師がエキシマの危険性を隠し、グラウンド・ゼロから一人だけ距離を置いていたという事実は変わらない。

ここで最後のカードを切ることにする。

「先生、警察に爆弾のことを隠してますね。それどころか、警察上層部にはエキシマは自分が開発したロボットだと説明しているとか」

エキシマは過去、警察庁のとある有力者の家族が巻き込まれた事件を解決したことがあるという。薬師はそのときの個人的な恩を利用し、警察と協力関係を結んだ。

「エキシマが先生の作ったロボットじゃないことも、武器を積んだ危険な兵器だということも、涸沢さんたちは当然知っています。それでも上からの圧力でE案件を続けざるを得ませんでした。でも、もし核爆弾のことを知ったらどうするでしょうか」

『――上に報告するだろうね。核爆弾が国内をうろついている状況は、さすがに警察も無視できない。空木くんとエキシマはどこかの離島に隔離されるだろう』

「私もそんなことは望んでませんけど、先生が私の言うことを聞いてくれないなら、涸沢警部をサシ飲みにお誘いするかもしれません」

薬師は皮肉めいた笑いを洩《も》らした。

『それで、僕に何をしてほしい？』

雑居ビルの入口で待っていた鹿島に礼を言い、パーカとキャップを返した。他のメンバーは宅配ピザを注文し、屋上で酒盛りの準備をしているという。こちらは警察と追いかけっこをしてきたばかりだというのに、呑気《のんき》なものだ。

「鹿島さんは帰るんですか？」

「まあね。空木さんと話すのは気まずいから」

かつてオブザーバーの役目を放り出したからだろう。しかし、彼女が協力してくれなかったら今日の作戦は実行できなかった。犯人役は、エキシマを盗んだとしても不思議ではない、と薬師に思わせる人物でなくてはならなかったからだ。

「それで、空木さんは解放されるの？」

「上手《うま》く行けば、ですが」

「そう。……ありがとう」

その返事に実沙が首を傾げると、鹿島は微かな自嘲《じちょう》を滲《にじ》ませて言った。

「私がやるべきだったのに、私にはできなかったことだから」

鹿島と別れた後、屋上に行く前に事務所を覗いてみると、空木がベッドに横たわっていて、無防備な寝顔を晒していた。

大掃除で疲れたのか、あるいは実沙が主催した「ビルのどこかに隠されたエキシマを捜し出す」という趣向の宝探しゲームに熱中しすぎたのか。空木は急遽《きゆうきよ》開催された謎のイベントを怪しむどころか、大いに楽しんでいたらしい。ちなみに、空き部屋に隠していたエキシマは予定通り楓花が発見し、事務所にリリースしたので、エキシマは例のごとく主人の傍らで立哨《りつしよう》を続けている。

枕元に歩み寄ると、空木はだらしなく口を開けたまま、薄く目を開けた。

「……真砂さん」

「屋上に行かないんですか？　ピザ、食べ損ねますよ」

うん、と空木は応じてのろのろと身を起こす。その子供っぽい仕草を見ていたら、これまで何となく聞きそびれていた疑問が口をついて出た。

「そういえば、空木さんって何歳なんですか？」

「二十一」

五年前に高校を中退したのだからおかしな年齢ではない。ただ、曲がりなりにも自活している社会人で、長いあいだ年上だと思っていた空木が、二十二歳の自分より年下だというのはそれなりにショッキングな事実だった。

彼はまだ子供で、私もまだ子供だ。大人にはなり切れていない。

でも、私のほうが大人に近い。

「ありがとう」

空木が唐突に言って、実沙は現実に引き戻される。まさか私のやったことに気づいたのか、と動揺しかけたところで、空木は続けた。

「掃除をしようって言ってくれて、手伝ってくれて、嬉《うれ》しかった。真砂さんがそう言ってくれなかったら、いつまでもほったらかしだったと思う」

空木の視線をたどる。古書の詰まった本棚、簞笥、トロフィー。

「実は、ずっと捨てたかったんだ。昔のことを思い出して辛《つら》くなっちゃうから。だけど、こうやって綺麗になったのを見たら――」

ベッドから手を伸ばし、漆の光沢を取り戻した文机に触れる。

「捨てなくて、本当に良かった。ありがとう」

「空木さんに管理者を辞めさせる方法を探してください」

それが薬師教授に突きつけた条件だった。

　エキシマの殺人を止めるという重要で非情な仕事を、このまま空木に任せておくのは危険だ。彼らを引き離し、信頼できる別の人間を管理者にすれば、エキシマが人を殺す最悪の未来を回避できる。

　とはいえ、我ながら非現実的な要求だった。現状、空木が管理者でなくなるのは気絶したときに限られる。永続的に権限を失うのは死んだときだけだ。それに、新しい管理者を誰にするのかという問題もある。たとえ揺るぎない精神を持った人間でも、エキシマと長く過ごすうちに影響を受けて、しまいには彼女にゴーサインを出すかもしれない。

　そもそも、この要求は実沙にとっても苦渋の選択だった。どこかの誰かにエキシマを押しつけるというのは、薬師のやっていたことと同じだ。かといって、実沙自身が引き受けることもできない。あの「少女」を見てしまった実沙は、すでにエキシマの影響下にある。いつまで正気を保てるかわからない。

　突っぱねられるかと思いきや、薬師は電話越しに突拍子もない返答をした。

『エキシマは、どうやって人間を識別してるんだろう』

「……どうやって？」

『顔？　身体？　体温？　声？　――もしかしたら、特定の信号をエキシマに送り込むことで、彼女の識別システムを誤認させられるかもしれない。別の人間を空木くんだと思わせることができたら、事実上、管理者を変更できることになる。さらに管理者を短期間で次々に替えるシステムを作れば、エキシマに対して過剰に感情移入するのも防げるし、君が恐れているような事態も起こらないはずだ』

「――先生には、それができるんですか？」

『無理だ。そんな途方もない作業に費やす時間も金もやる気もない』

「せめてやる気はあってほしいです」

『心配はいらない。うってつけの人材がいる』

神藤瑛一。薬師の同級生で、現在はＩＴベンチャーの社長だという。

『大学時代は同じ研究室にいたんだ。今はＡＩアシスタントを作ってるけど、元々は人間そっくりのヒューマノイドロボットを作ることに固執していたから、ヒトを模倣する技術に関しては僕よりずっと詳しい。それに、彼は根っからの商売人だ。エキシマを有用だと判断したら、その技術を盗むために全力を尽くしてくれると思う』

後日、薬師は恩師の退任記念パーティーに空木を連れて行き、神藤と引き合わせた。薬師の目論《もくろ》見《み》通り、神藤が開発しているＡＩアシスタント「シルク」に興味を持った空木は、シルクを見学するために神藤の家を訪ねることになったという。

教授室のＰＣでパーティーの写真を見せながら、薬師は言った。

「まだ神藤にはエキシマの存在を教えてないけど、明日、彼女を目の当たりにしたら絶対に飛びついてくる。僕たちの目的を果たせるかどうかはさておき、それだけは保証できるよ」

ディスプレイに表示された写真には、空木と薬師、そして高級そうなスーツを着た長髪の男が映っていた。ワイングラス片手に、人好きのする笑みを浮かべる神藤。

その顔を見ていたら、ふと背筋が寒くなった。

空木とエキシマを、この男に会わせていいのだろうか。

ＩＴ企業の社長で、強欲な商売人、という偏ったイメージのせいかもしれないが、このままだと何か良くないことが起こる気がした。

「明日、私も立ち会っていいですか？」

「いや、空木くんには一人で行ってもらう。僕や大学とは無関係な、空木くんの個人的なお願いという体で話を出してもらうつもりだ。僕に都合よく利用されていると気づいたら、プライドの高い彼は手を引きかねない」

「でも、一人で行かせるのは心配です。変な契約書にサインさせられて、エキシマを騙《だま》し取られたりしないでしょうか」

病的にお人好《ひとよ》しな空木の性格を思い出したのか、薬師は唸《うな》った。

「確かに、神藤ならやりかねないな。——よし、こうしよう」

君は怒るかもしれないけど、と苦笑いする。

*

「ええと……つまり、エキシマのことを調べてください、って神藤さんにお願いすればいいんですか？」

後部座席の空木に対し、車のハンドルを握る薬師は言った。

「そうだ。そのためには空木くんそっくりのロボットを作ればいいと伝えてほしい。彼ならそれだけで通じる。申し訳ないけど、お願いできるかな」

「大丈夫ですよ。僕も先生に送ってもらえて助かりましたし、それくらいは」

「すまないね。——そろそろ着くよ」

海沿いの別荘地だった。洒落《しゃれ》た造りの家々が急斜面に立ち並んでいる。その合間を蛇行しながら上っていく道の途中で車を止め、薬師はフロントウィンドウの向こうを指差した。

「あの青い屋根の家だ。僕たちはしばらく近くで時間を潰《つぶ》してるから、終わったら連絡してくれ。じゃあ、楽しんでおいで」

エキシマ入りのリュックサックを背負った空木が遠ざかっていくのを、実沙は助手席の窓から眺めた。この不安が杞憂《きゆう》であればいいと祈りながら。

路上駐車を続けるには道が狭いので、二人の乗った車は坂を下り、海浜公園の駐車場に収まった。休憩所に併設されたオープンカフェの幟《のぼり》が風にはためいている。

「ソフトクリーム買ってこようか？　僕が奢《おご》るよ」

「要らないです。とにかく、音声を繋いでください」

薬師は残念そうな顔でスマートフォンを操作し、ダッシュボードの上に置いた。スピーカーからノイズ混じりの音声が流れ出す。

『――社長だって年がら――わけじゃない。せめて帰りは送って――ところで、その時計はうちの――』

ここに来る前、薬師は空木のリュックサックに盗聴用のデバイスを仕掛けた。端末が拾った会話をここでリアルタイムに確認し、不測の事態に備えるという作戦である。盗聴という手段は気に食わなかったが、背に腹は代えられない。

今聞こえているのは空木の声ではなかった。神藤の声だろう。

「音質が悪いです。相手の声がほとんど聞こえない」

「話の流れがわかれば十分だろう。心配性だな。会ったこともないのに、そんなに神藤が信じられないのかい」

「はい」

「直感の話？」

実沙が頷くと、薬師は特に反論することなく、そうか、と受け入れた。

「人間の直感というのは、そんなに捨てたものじゃない。エキシマと同じように、僕たちだって無意識のうちに人を評価する。常に周囲からデータを集め、信頼できる他人とそうでない他人を識別し、タグ付けしている。直感は脳からの警告だ。君が神藤を信じられないと思ったのなら、それには必ず理由が――」

「先生、静かにしてください」

リュックサックを床に置いたような音がしてから、二人の声は遠くなっていた。どうやらシルクの機能について神藤が説明しているようだが、途切れ途切れにしか聞こえない。スピーカーの音量を上げても雑音が大きくなるばかりだった。

これでは盗聴の意味がないな、と思い始めたころ、それが聞こえた。

『――W11002/殺害――F01/OPN/X04――SUB03/対象――』

意味不明な略語を羅列する、非人間的な少女の声。エキシマの声だ。

話の内容はさっぱりわからない。ただ、彼女がこれほど饒舌《じょうぜつ》に語るのは、殺人者を特定し、その解析結果を報告するときだけだ。

「――先生」

「行こうか」

薬師は硬い声で応じると、素早くサイドブレーキを解除し、車を発進させた。

先程通った坂道を上っていくあいだ、実沙はスマートフォンからの音声に耳を澄ませつつ、懸命に頭を巡らせていた。

いったいあの家で何が起こっているのだろうか。

エキシマは「他人を殺した事実を隠している人間」を殺人者《エネミー》と認定する。あの家にいる誰かが過去に誰かを殺したのか、あるいは今まさにあの家で誰かが殺されているのか――いずれにせよ、空木の身に危険が迫っている。盗聴器の音声からして、あの家には神藤と空木しかいない。口封じに都合のいい状況だ。

「空木くんに電話してくれ」

薬師に指示されて、実沙は自分のスマートフォンから発信したが、繋がらない。どうやら電話中らしい。この状況でどこに電話をかけているのだろう。

青い屋根の家に到着すると、実沙は先に車を降りて、玄関に向かった。

ドアの脇にあるインターホンに手が伸びかけたが、礼儀を通している場合ではない。

ドアノブをつかみ、押し開ける。

その途端、何かが破裂したような音が響いた。

最初に視界に入ったのは、玄関先で身体を丸めている空木の姿だった。腕の隙間から漆黒の物体が覗いている。全身でエキシマを抱き締め、守っているように見える。彼の後頭部は血で濡《ぬ》れており、白いTシャツの背中にも赤い飛沫《しぶき》が散っていた。

空木の背後に立っていたのは、パーティーの写真で見た長髪の男。

あの親しみやすい笑顔はどこにもなく、血走った眼には残忍な光が宿っている。頬に走った赤い線——銃弾が掠《かす》めたような傷から、どろりと血が流れ出すのが見えた。右手には片手用のダンベル。

一瞬で、実沙は状況を理解した。

エキシマに罪を見抜かれた神藤は、空木をダンベルで殴り殺そうとした。エキシマは主人を守ろうと敵に銃口を向けたものの、他ならぬ空木が発射を妨害した。自分の身体を盾にして、管理者を傷つけられないエキシマの反撃を封じた。

彼女に神藤を殺させないために。

——エキシマに人を殺してほしくなかったんだ。

空木の覚悟を見誤っていた。いつか空木がエキシマに人を殺させるから、その前に彼らを引き離さないといけない？　そんなわけがないじゃないか。空木は、己の命と引き換えにしてでもエキシマを止めるつもりだったのだから。

私は馬鹿だ。空木はもっと馬鹿だ。

人間は、馬鹿だ。

ただの機械に、命のないモノに、自分の命を懸けてしまう。

「誰だ？」

神藤の視線がこちらを向く。ようやく闖入者《ちんにゆうしや》の存在に気づいたらしい。といっても、おそらくドアを開けてからまだ一、二秒しか経っていない。

奇妙に引き延ばされた時間と思考の中、実沙は視線を下ろす。

死んだように動かない空木。彼に抱かれた闇の中から。

氷のような眼をした少女が、実沙を見上げて囁《ささや》いた。

——命令を。

おそらく現在、エキシマは重傷を負って意識のない空木から、予備の管理者である実沙に権限を移している。自分を守って力尽きた主人を容赦なく切り捨てる。いかにも機械らしい、非情で合理的な判断だ。

賢くて、冷たくて、美しい。

実沙は神藤に指を突きつけると、指揮官代理としてエキシマに指令を下した。

「構えて」

上官の意図を汲《く》み、機械は即座に行動を開始する。

弾《はじ》かれたように空木の下から飛び出すと、ボディの前面を瞬く間に変形させ、鈍く光る銃身を突き出した。受け身を取るように足でフローリングを叩き、仰角を取ってターゲットを狙う。

男の額が撃ち抜かれる前に、実沙は言った。

「まだ撃つな。あと、殺すな」

指示したらすぐに撃て、ただし急所は外せ——という命令だ。

神藤は顔を強張《こわば》らせ、銃口を見下ろして立ち尽くしている。

実沙が実演したように、エキシマに対して厳格な命令を与えてやれば、彼女は意のままに動いてくれる。エキシマが言うことを聞いてくれないと空木はよく言っていたが、それは彼女をモノ扱いせず、対等な存在として扱ってきたことの証左だ。

背後でドアが開く音がして、「空木くん！」と薬師の焦った声がした。実沙は我に返って、薬師とともに倒れた空木のもとに駆け寄った。

彼の口元に手をかざしてみると、微かな空気の流れを感じた。まだ、生きている。

「空木さん！」

耳元で何度も呼びかけると、血に濡れた瞼《まぶた》が弱々しく開いた。

彼の唇が小さく震えて、吐息のような声が洩れる。

「エキシマ……どこ……？」

実沙は息を呑んだ。

「神藤さんは無事です。エキシマは——誰も殺してない」

「エキシマは、無事？」

「当たり前です」

空木はふっと笑って、言葉を少しずつ吐き出した。

「そうだね。エキシマは、僕よりずっと、強い。……なのに、守らなきゃって、なぜか思ったんだ。……今はよく思い出せないけど、ずっと昔、僕の命を助けてくれた、そんな気がするから」

脳裏に広がったのは、血腥《ちなまぐさ》いイメージだった。

荒涼とした砂漠の片隅。両親の死体の傍らで、幼い少年がうずくまっている。彼を守るように黒いロボットが疾駆し、少年を狙う大勢の敵を余すことなく撃ち殺す。弾が切れたら刃物を使い、敵の肉体をバラバラに切り刻む。残酷な光景を目の当たりにした少年は、以来、切断死体を見ると気を失ってしまうようになった——

そんな妄想を頭から追い払い、実沙は言った。

「空木さんも強いですよ」

「ほんと？」

「馬鹿みたいに、強いです」

空木は不思議そうな顔をした。

予想より早く、救急車のサイレンが近づいてくる。

初出

Open the curtain　書き下ろし

Lost and found　書き下ろし

Don't disturb me 「小説 野性時代」2024年11月・12月合併号

You have control　書き下ろし

Just a machine　書き下ろし

単行本化にあたって加筆修正しました。

この作品はフィクションです。
実在の人物・団体・事件などとは一切関係がありません。

松城 明（まつしろ　あきら）
1996年、福岡県生まれ。九州大学大学院工学府修了。2020年、短編「可制御の殺人」が第42回小説推理新人賞最終候補に残る。22年、同作を表題作とした連作短編集『可制御の殺人』でデビュー。その他の著書に『観測者の殺人』『蛇影の館』がある。

探偵《たんてい》機械《きかい》エキシマ

2025年２月21日　初版発行

著者／松城《まつしろ》 明《あきら》

発行者／山下直久

発行／株式会社KADOKAWA
〒102-8177　東京都千代田区富士見2-13-3
電話　0570-002-301（ナビダイヤル）

印刷所／旭印刷株式会社

製本所／本間製本株式会社

ISBN 978-4-04-115697-1　C0093

好評既刊

バーニング・ダンサー

阿津川辰海

来た。怒濤のドンデン返し。
最高峰の謎解き×警察ミステリ!!

「あの、私も妹も、交通総務課から来ました」。そう聞いて、永嶺スバルは絶句した。犯人を挙げるため違法捜査も厭わなかった捜査一課での職務を失い、異動した先での初日。やって来たのは、仲良し姉妹、田舎の駐在所から来た好々爺、机の下に隠れて怯える女性、民間人を誤認逮捕しかけても悪びれない金髪男だった。着任早々、異様な事件の報告が入る。全身の血液が沸騰した死体と、炭化するほど燃やされた死体。相棒を失った心の傷が癒えぬ永嶺は、この「警視庁公安部公安第五課　コトダマ犯罪調査課」のメンバーと捜査を開始する。彼らの共通点はただ一つ。ある能力を保持していることだった——。

ISBN978-4-04-114177-9

好評既刊

目には目を

新川帆立

少年院で出会った六人の重罪犯。
なぜ少年Aは殺されたのか？

重い罪を犯して少年院で出会った六人。彼らは更生して社会に戻り、二度と会うことはないはずだった。だが、少年Bが密告をしたことで、娘を殺された遺族が少年Aの居場所を見つけ、殺害に至る――。人懐っこくて少年院での日々を「楽しかった」と語る元少年、幼馴染に「根は優しい」と言われる大男、高IQゆえに生きづらいと語るシステムエンジニア、猟奇殺人犯として日常をアップする動画配信者、高級車を乗り回す元オオカミ少年、少年院で一度も言葉を発しなかった青年。かつての少年六人のうち、誰が被害者で、誰が密告者なのか？

ISBN978-4-04-113380-4